依舊是

多多詩選

多多 著

朝向漢語的邊陲

楊小濱

中國當代詩的發展可以看作是朝向漢語每一處邊界的勇猛推進，而它的起源也可以追溯出頗為複雜的線索。1960年代中後期張鶴慈（北京，1943-）和陳建華（上海，1948-）等人的詩作已經在相當程度上改變了主流詩歌的修辭樣式。如果說張鶴慈還帶有浪漫主義的餘韻，陳建華的詩受到波德萊爾的啟發，可以說是當代詩中最早出現的現代主義作品，但這些作品的閱讀範圍當時只在極小的朋友圈子內，直到1990年代才廣為流傳。1970年代初的北京，出現了更具衝擊力的當代詩寫作：根子（1951-）以極端的現代主義姿態面對一個幻滅而絕望的世界，而多多（1951-）詩中對時代的觀察和體驗也遠遠超越了同時代詩人的視野，成為中國當代詩史上的靈魂人物。

對我來說，當代詩的概念，大致可以理解為對朦朧詩的銜接。朦朧詩的出現，從某種意義上可以看作官方以招安的形式收編民間詩人的一次努力。根子、多多和芒克（1951-）的寫作從來就沒有被認可為朦朧詩的經典，既然連出現在《詩刊》的可能都沒有，也就甚至未曾享受遭到批判的待遇，直到1980年代中後期才漸漸浮出地表。我們完全可以說，多多等人的文化詩學意義，是屬於後朦朧時代的。才華出眾的朦朧詩人顧城在1989年六四事件後寫出了偏離朦朧詩美學的《鬼進城》等

傑作，卻不久以殺妻自盡的方式寫下了慘痛的人生詩篇。除了揮霍詩才的芒克之外，嚴力（1954-）自始至終就顯示出與朦朧詩主潮相異的機智旨趣和宇宙視野；而同為朦朧詩人的楊煉（1955-），在1980年代中期即創作了《諾日朗》這樣的經典作品，以各種組詩、長詩重新跨入傳統文化，由於從朦朧詩中率先奮勇突圍，日漸成為朦朧詩群體中成就最為卓著的詩人。同樣成功突圍的是遊移在朦朧詩邊緣的王小妮（1955-），她從1980年代後期開始以尖銳直白的詩句來書寫個人對世界的奇妙感知，成為當代女性詩人中最突出的代表。如果說在1970年代末到1980年代初，朦朧詩仍然帶有強烈的烏托邦理念與相當程度的宏大抒情風格，從1980年代中後期開始，朦朧詩人們的寫作發生了巨大的轉化。

　　這個轉化當然也體現在後朦朧詩人身上。翟永明（1955-）被公認為後朦朧時代湧現的最優秀的女詩人，早期作品受到自白派影響，挖掘女性意識中的黑暗真實，爾後也融入了古典傳統等多方面的因素，形成了開闊、成熟的寫作風格。在1980年代中，翟永明與鍾鳴（1953-）、柏樺（1956-）、歐陽江河（1956-）、張棗（1962-2010）被稱為「四川五君」，個個都是後朦朧時代的寫作高手。柏樺早期的詩既帶有近乎神經質的青春敏感，又不乏古典的鮮明意象，極大地開闊了漢語詩的表現力。在拓展古典詩學趣味上，張棗最初是柏樺的同行者，爾後日漸走向更極端的探索，為漢語實踐了非凡的可能性。在「四川五君」中，鍾鳴深具哲人的氣度，用史詩和寓言有力地書寫了當代歷史與現實。歐陽江河的寫作從一開始就將感性與

理性出色地結合在一起，將現實歷史的關懷與悖論式的超驗視野結合在一起，抵達了恢宏與思辨的驚險高度。

後朦朧詩時代起源於1980年代中期，一群自我命名為「第三代」的詩人在四川崛起，標誌著中國當代詩進入了一個新階段。1980年代最有影響的詩歌流派，產自四川的佔了絕大多數。除了「四川五君」以外，四川還為1980年代中國詩壇貢獻了「非非」、「莽漢」、「整體主義」等詩歌群體（流派和詩刊）。如周倫佑（1952-）、楊黎（1962-）、何小竹（1963-）、吉木狼格（1963-）等在非非主義的「反文化」旗幟下各自發展了極具個性的詩風，將詩歌寫作推向更為廣闊的文化批判領域。其中楊黎日後又倡導觀念大於文字的「廢話詩」，成為當代中國先鋒詩壇的異數。而周倫佑從1980年代的解構式寫作到1990年代後的批判性紅色寫作，始終是先鋒詩歌的領頭羊，也幾乎是中國詩壇裡後現代主義的唯一倡導者。莽漢的萬夏（1962-）、胡冬（1962-）、李亞偉（1963-）、馬松（1963-）等無一不是天賦卓絕的詩歌天才，從寫作語言的意義上給當代中國詩壇提供了至為燦爛的景觀。其中萬夏與馬松醉心於詩意的生活，作品惜墨如金但以一當百；李亞偉則曾被譽為當代李白，文字瀟灑如行雲流水，在古往今來的遐想中妙筆生花，充滿了後現代的喜劇精神；胡冬1980年代末旅居國外後詩風更為逼仄險峻，為漢語詩的表達開拓出難以企及的遙遠疆域。以石光華（1958-）為首的整體主義還貢獻了才華橫溢的宋煒（1964-）及其胞兄宋渠（1963-），將古風與現代主義風尚奇妙地糅合在一起。

　　毫不誇張地說，川籍（包括重慶）詩人在1980年代以來的中國詩壇佔據了半壁江山。在流派之外，優秀而獨立的詩人也從來沒有停止過開拓性的寫作。1980年代中後期，廖亦武（1958-）那些囈語加咆哮的長詩是美國垮掉派在中國的政治化變種，意在書寫國族歷史的寓言。蕭開愚（1960-）從1980年代中期起就開始創立自己沉鬱而又突兀的特異風格，以罕見的奇詭與艱澀來切入社會現實，始終走在中國當代詩的最前列。顯然，蕭開愚入選為2007年《南都週刊》評選的「新詩90年十大詩人」中唯一健在的後朦朧詩人，並不是偶然的。孫文波（1956-）則是1980年代開始寫作而在1990年代成果斐然的詩人，也是1990年代中期開始普遍的敘事化潮流中最為突出的詩人之一，將社會關懷融入到一種高度個人化的觀察與書寫中。還有1990年代的唐丹鴻，代表了女性詩人內心奇異的機器、武器及疼痛的肉體；而啞石（1966-）是1990年代末以來崛起的四川詩人，以重新組合的傳統修辭給當代漢語詩帶來了跌宕起伏的特有聲音。

　　1980年代的上海，出現了集結在詩刊《海上》、《大陸》下發表作品的「海上詩群」，包括以孟浪（1961-）、默默（1964-）、劉漫流（1962-）、郁郁（1961-）、京不特（1965-）等為主要骨幹的較具反叛色彩的群體，和以陳東東（1961-）、王寅（1962-）、陸憶敏（1962-）等為代表的較具純詩風格的群體，從不同的方向為當代漢語詩提供了精萃的文本。幾乎同時創立的「撒嬌派」，主要成員有京不特、默默（撒嬌筆名為銹容）、孟浪（撒嬌筆名為軟髮）等，致力於透

過反諷和遊戲來消解主流話語的語言實驗。無論從政治還是美學的意義上來看，孟浪的詩始終衝鋒在詩歌先鋒的最前沿，他發明了一種荒誕主義的戰鬥語調，有力地揭示了歷史喜劇的激情與狂想，在政治美學的方向上具有典範性意義。而陳東東的詩在1980年代深受超現實主義影響，到了1990年代之後則更開闊地納入了對歷史與社會的寓言式觀察，將耽美的幻想與險峻的現實嵌合在一起，鋪陳出一種新的夢境詩學。1980年代的上海還貢獻了以宋琳（1959-）等人為代表的城市詩，而宋琳在1990年代出國後更深入了內心的奇妙圖景，也始終保持著超拔的精神向度。1990年代後上海崛起的詩人中最引人注目的是復旦大學畢業後定居上海的韓博（1971-，原籍黑龍江），他近年來的詩歌寫作奇妙地嫁接了古漢語的突兀與（後）現代漢語的自由，對漢語的表現力作了令人震驚的開拓。還有行事低調但詩藝精到的女詩人丁麗英（1966-），在枯澀與奇崛之間書寫了幻覺般的日常生活。

　　與上海鄰近的江南（特別是蘇杭）地區也出產了諸多才子型的詩人，如1980年代就開始活躍的蘇州詩人車前子（1963-）和1990年代之後形成獨特聲音的杭州詩人潘維（1964-）。車前子從早期的清麗風格轉化為最無畏和超前的語言實驗，而潘維則以現代主義的語言方式奇妙地改換了江南式婉約，其獨特的風格在以豪放為主要特質的中國當代詩壇幾乎是獨放異彩。而以明朗清新見長的蔡天新（1963-）雖身居杭州但足跡遍布五洲四海，詩意也帶有明顯的地中海風格。影響甚廣的于堅（1954-）、韓東（1961-）和呂德安（1960-）曾都屬於1980年

代以南京為中心的他們文學社，以各自的方式有力地推動了口
語化與（反）抒情性的發展。

朦朧詩的最初源頭，中國最早的文學民刊《今天》雜誌，
1970年代末在北京創刊，1980年代初被禁。「今天派」的主將
們，幾乎都是土生土長的北京詩人。而1980年代中期以降，出
自北京大學的詩人佔據了北京詩壇的主要地位。其中，1989年
臥軌自盡的海子（1964-1989）可能是最為人所知的，海子的
短詩尖銳、過敏，與其宏大抒情的長詩形成了鮮明對比。海子
的北大同學和密友西川（1963-）則在1990年後日漸擺脫了早
期的優美歌唱，躍入一種大規模反抒情的演說風格，帶來了某
種大氣象。臧棣（1964-）從1990年代開始一直到新世紀不僅
是北大詩歌的靈魂人物，也是中國當代詩極具創造力的頂尖詩
人，推動了中國當代詩在第三代詩之後產生質的飛躍。臧棣的
詩為漢語貢獻了至為精妙的陳述語式，以貌似知性的聲音扎進
了感性的肺腑。出自北大的重要詩人還包括清平（1964-）、
周瓚（1968-）、姜濤（1970-）、席亞兵（1971-）、胡續冬
（1974-）、陳均（1974-）、王敖（1976-）等。其中姜濤的詩
示範了表面的「學院派」風格能夠抵達的反諷的精微，而胡續
冬的詩則富於更顯見的誇張、調笑或情色意味，二人都將1990
年代以來的敘事因素推向了另一個高度。胡續冬來自重慶（自
然染上了川籍的特色），時有將喜劇化的方言土語（以及時興
的網路語言或亞文化語言）混入詩歌語彙。也是來自重慶的詩
人蔣浩（1971-）在詩中召喚出語言的化境，將現實經驗與超
現實圖景溶於一爐，標誌著當代詩所攀援的新的巔峰。同樣

現居北京，來自內蒙古的秦曉宇（1974-），也是本世紀以來湧現的優秀詩人，詩作具有一種鑽石般精妙與凝練的罕見品質。原籍天津的馬驊（1972-2004）和原籍四川的馬雁（1979-2010），兩位幾乎在同齡時英年早逝的天才，恰好曾是北大在線新青年論壇的同事和好友。馬驊的晚期詩作抵達了世俗生活的純淨悠遠，在可知與不可知之間獲得了逍遙；而馬雁始終捕捉著個體對於世界的敏銳感知，並把這種感知轉化為表面上疏淡的述說。

　　當今活躍的「60後」和「70後」詩人還包括現居北京的藍藍（1967-）、殷龍龍（1962-）、王艾（1971-）、樹才（1965-）、成嬰（1971-）、侯馬（1967-）、周瑟瑟（1968-）、安琪（1969-）、呂約（1972-）、朵漁（1973-）、尹麗川（1973-），河南的森子（1962-）、魔頭貝貝（1973-），黑龍江的桑克（1967-），山東的孫磊（1971-）宇向（1970-）夫婦和軒轅軾軻（1971-），安徽的余怒（1966-）和陳先發（1967-），江蘇的黃梵（1963-），海南的李少君（1967-），現居美國的明迪（1963-）等。森子的詩以極為寬闊的想像跨度來觀察和創造與眾不同的現實圖景，而桑克則將世界的每一個瞬間化為自我的冷峻冥想。同為抒情詩人，女詩人藍藍通過愛與疼痛之間的撕扯來體驗精神超越，王艾則一次又一次排練了戲劇的幻景，並奔波於表演與旁觀之間，而樹才的詩從法國詩歌傳統中找到一種抒情化的抽象意味。較為獨特的是軒轅軾軻，常常通過排比的氣勢與錯位的慣性展開一種喜劇化、狂歡化的解構式語言。而這個名單似乎還可以無限延長下去。

　　1989年的歷史事件曾給中國詩壇帶來相當程度的衝擊。在此後的一段時期內，一大批詩人（主要是四川詩人，也有上海等地的詩人）由於政治原因而入獄或遭到各種方式的囚禁，還有一大批詩人流亡或旅居國外。1990年代的詩歌不再以青春的反叛激情為表徵，抒情性中大量融入了敘述感，邁入了更加成熟的「中年寫作」。從1980年代湧現的蕭開愚、歐陽江河、陳東東、孫文波、西川等到1990年代崛起的臧棣、森子、桑克等可以視為這一時期的代表。1990年代以來，儘管也有某些「流派」問世，但「第三代詩」時期熱衷於拉幫結夥的激情已經消退。更多的詩人致力於個體的獨立寫作，儘管無法命名或標籤，卻成就斐然。1990年代末的「知識分子寫作」與「民間寫作」的論戰雖然聲勢浩大，卻因為糾纏於眾多虛假命題而未能激發出應有的文化衝擊力。2000年以來，儘管詩人們有不同的寫作趨向，但森嚴的陣營壁壘漸漸消失。即使是「知識分子寫作」的代表詩人，其實也在很大程度上以「民間寫作」所崇尚的日常口語作為詩意言說的起點。從今天來看，1960年代出生的「60後」詩人人數最為眾多，儼然佔據了當今中國詩壇的中堅地位，而1970年代出生的「70後」詩人，如上文提到的韓博、蔣浩等，在對於漢語可能性的拓展上，也為當代詩做出了不凡的探索和貢獻。近年來，越來越多的「80後詩人」在前人開闢的道路盡頭或途徑之外另闢蹊徑，也日漸成長為當代詩壇的重要力量。

　　中國當代詩人的寫作將漢語不斷推向極端和極致，以各異的嗓音發出了有關現實世界與經驗主體的精彩言說，讓我們

聽到了千姿萬態、錯落有致的精神獨唱。作為叢書，《中國當代詩典》力圖呈現最精萃的中國當代詩人及其作品。第一輯收入了15位最具代表性的中國當代詩人的作品，其中1950年代、1960年代和1970年代出生的詩人各佔五位。在選擇標準上，有各種具體的考慮：首先是盡量收入尚未在台灣出過詩集的詩人。當然，在這15位詩人中，也有極少數雖然出過詩集，但仍有一大批未出版的代表作可以期待產生相當影響的。在第一輯中忍痛割捨的一流詩人中，有些是因為在台灣出過詩集，已經在台灣有了一定影響力的詩人；也有些是因為寫作風格距離台灣的主流詩潮較遠，希望能在第一輯被普遍接受的基礎上日後再推出，將更加彰顯其力量。願《中國當代詩典》中傳來的特異聲音為台灣當代詩壇帶來新的快感或痛感。

目次

第二輯

1980年代

第三輯｜1990年代

第四輯｜2000年代

第五輯｜2010年代

第一輯

1970年代

告別

綠色的田野像剛剛鬆弛下來的思想

建設，就像一個無休無止的黃昏

當未來像隊伍那樣開來

你，就被推上陌生的鄉路

在走向成長的那條僻巷中

萬家燈火一片孤寂

牧羊人，緊握一支紅色鞭杆

他守衛黑夜，守衛黑暗──

1972

當人民從乾酪上站起

歌聲，省略了革命的血腥
八月像一張殘忍的弓
惡毒的兒子走出農舍
攜帶著菸草和乾燥的喉嚨
牲口被蒙上了野蠻的眼罩
屁股上掛著發黑的屍體像腫大的鼓
直到籬笆後面的犧牲也漸漸模糊
遠遠地，又開來冒煙的隊伍……

1972

回憶與思考（4首）

祝福

當社會難產的時候
那黑瘦的寡婦，曾把咒符綁到竹竿上
向著月亮升起的方向招搖
一條浸血的飄帶散發不窮的腥氣
吸引四面八方的惡狗狂吠通宵

從那個迷信的時辰起
祖國，就被另一個父親領走
在倫敦的公園和密支安的街頭流浪
用孤兒的眼神注視來往匆匆的腳步
還口吃地重複著先前的侮辱和期望

1973

無題

浮腫憔悴的民族哦
已經硬化彌留的軀體
幾個世紀的鞭笞落到你背上
你默默地忍受，像西洋貴婦
用手帕擦掉的一聲嘆息：
哦，你在低矮的屋簷下過夜
哦，雨一滴一滴……

1973

無題

醉醺醺的土地上
人民那粗糙的臉和呻吟著的手
人民的前面，是一望無際的苦難

馬燈在風中搖曳
是睡熟的夜和醒著的眼睛
聽得見牙齒鬆動的君王那有力的鼾聲

1973

蜜週

第一天

葉落到要去的路上
在一個夢的時間
周圍像朋友一樣熟悉
我們，卻隔得像放牧一樣遙遠

你的眼睛在白天散光
像服過藥一樣
我，是不是太粗暴了？
「再野蠻些
好讓我意識到自己是女人！」

走出樹林的時候
我們已經成為情人了

第二天

山在我們前面，野蠻而安詳
有著肥胖人才有的安詳
陌生閃了一個回合
你不好意思地把手抽回
又覺得有點庸俗
就打了我一個耳光
「要是停電就好了
動物園的野獸就會衝破牢籠
百萬莊就會被洪水沖走！」

第三天

太陽像兒子一樣圓滿

我們坐在一起，由你孕育它

我用發綠的手指撥開蘆葦

一道閃著金光的流水

像月經來潮

我忍不住講起下流的小故事

被豎起耳朵的行人開心地攝去

到了燈火昏黃的滿足的時刻

編好謊話

拔掉褲腿上的野草刺

再來一下

就飛跑去見衰老的爹娘……

第四天

你沒有來，而我
得跟他們點頭
跟他們說話
還得跟他們笑
不，我拒絕
這些抹在麵包上的愚蠢
這些抹東西的鼻子看貨物的眼睛
這些活得久久的爺爺
我再也不能托著盤子過禮拜天了
我需要遺忘
遺忘！車夫的腳氣，無賴的口水
遺忘！大言不慚的鬍子，沒有罪過的人民

你沒有來，而我聽到你的聲音：
「我們畫的人從來不穿衣服
我們畫的樹都長著眼睛
我們看到了自由，像一頭水牛
我們看到了理想，像一個早晨
我們全體都會被寫成傳說

我們的腿像槍一樣長

我們紅紅的雙手，可以穩穩地捉住太陽

從我身上學會了一切

你，去征服世界吧！」

第五天

看到那根灰色的煙囪了吧
就像我們膚淺的愛情一樣
從那個沒有帶來快樂的窗口
我看到殘廢在河岸上捕捉蝴蝶

當我自私地溫習孤獨
你的牙齒也不再閃光
我們都當了真
我們就真的分了手

第六天

你說的都是真的？

真的。

從什麼時候開始這麼想？

從開始。

你真的不愛了？

真的。所以結婚了。

你還在愛。

不愛。結婚。

你只愛自己。

（想著別的事情，我點了點頭）

為什麼不早告訴我？

一直都在欺騙你。

（街上的人全都看到了

一個頭戴鴨舌帽的傢伙

正在欺侮一個姑娘）

第七天

重畫了一個信仰，我們走進了星期天

走過工廠的大門

走過農民的土地

走過警察的崗亭

面對著打著旗子經過的隊伍

我們是寫在一起的示威標語

我們在爭論：世界上誰最混賬

第一名：詩人

第二名：女人

結果令人滿意

不錯，我們是混賬的兒女

面對著沒有太陽升起的東方

我們做起了早操──

1972

萬象（14首）

少女波爾卡

同樣的驕傲，同樣的捉弄
這些自由的少女
這些將要長成皇后的少女
會為了愛情，到天涯海角
會跟隨壞人，永不變心

1973

誘惑

春風吹開姑娘的裙子
春風充滿危險的誘惑
如果被春天欺騙
那，該怎麼辦？

那也情願。
他會把香菸按到
我腿上
我，是哭著親他呢
還是狠狠地咬他耳朵呢？

哭著親他吧⋯⋯

1973

女人

1

披著露水，站在早晨

她守望著葡萄園

像貴婦人一樣檢閱花草

帶著被破壞的美，帶著動人的悲哀

她，在向它們微笑……

1973

2

像主人一樣酣暢地甦醒

眼前，是夕陽斑斕的四壁

圍著彩條浴巾，舉起一隻白白的手臂

是你，在梳理——

1973

孩子

創造了人類，沒有創造自由

創造了女人，沒有創造愛情

　　上帝，多麼平庸啊

　　上帝，你多麼平庸啊！

1973

青春

虛無，從接過吻的唇上
溜出來了，帶有一股
不曾覺察的清醒：

在我瘋狂地追逐過女人的那條街上
今天，戴著白手套的工人
正在鎮靜地噴射殺蟲劑……

1973

夜

在充滿象徵的夜裡

月亮像病人蒼白的臉

像一個錯誤的移動的時間

而死，像一個醫生站在床前：

一些無情的感情

一些心中可怕的變動

月光在屋前的空場上輕聲咳嗽

月光，暗示著楚楚在目的流放……

1973

詩人

1

披著月光，我被擁為脆弱的帝王

聽憑蜂群般的句子湧來

在我青春的軀體上推敲

它們挖掘著我，思考著我

它們讓我一事無成。

1973

2

酒，沒有斟滿詩人的希望

黃昏又把一天的哀痛草草收殮

瓷器店中耗盡的光影年華啊

或許，這就是我們的都會

和它的文學……

1974

入冬的光芒

朝潑血的墓碑傾斜

穿過東方的夢魘

太陽，在黃昏實心的袍子裡

減弱它的威力

孩子，摟住火爐吞下寒冷

冬天，四個季節中的長者

抬舉著自己的屍首遊行……

1974

烏鴉

像火葬場上空

慢慢飄散的灰燼

它們，黑色的殯葬的天使

在死亡降臨人間的時候

好像一群逃離黃昏的

音樂標點……

目送它們的

是一個啞默的

劇場一樣的天空

好像無數沉寂的往事

在悲觀的沉浸中

繼續消極地感嘆……

1974

黃昏

1

寂寞潛潛地甦醒

細節也在悄悄進行

詩人抽搐著，產下

甲蟲般無人知曉的感覺

——在照例被傭人破壞的黃昏……

1973

2

當勇於冒險的情夫

用錐形的屁股

試探性地升起

好像城市也受到啟發

要猛然抖動掛鎖，威脅

馳向黑夜的女人……

1979

夏

花仍在虛假地開放
凶惡的樹仍在不停地搖曳
不停地墜落它們不幸的兒女
太陽已向拳師一樣逾牆而走
留下少年，面對著憂鬱的向日葵……

1975

秋

失落在石階上的
只有楓葉、紙牌
留在記憶中的
也只有無情的雨聲
那間歇的雨聲一再傳來
像在提醒過去
像在悼詞中停頓一下
又繼續進行……

1975

年代

沉悶的年代甦醒了

炮聲微微地撼動大地

戰爭，在倔強地開墾

牲畜被徵用，農民從田野上歸來

抬著血淋淋的犁……

1973

解放

革命者在握緊的拳頭上睡去
「解放」慢慢在他的記憶中成熟
像不眠的夢，像一隻孤獨的帆角
愛情也不再知道它的去處
只有上帝在保佑它驚心動魄的歸宿……

1973

戰爭

下午的太陽寬容地依在墓碑上
一個低沉的聲音緩慢地敘述著
瘦長的人們摘下軍帽
遙遠的生前，村裡住滿親人……

1972

海

海，向傍晚退去
帶走了歷史，也帶走了哀怨
海，沉默著
不願再寬恕人們，也不願
再聽到人們的讚美⋯⋯

1973

夢

過去了，故去了，許多個年代過去了
　　　許多歡樂，許多苦悶
以往，像一匹風塵僕僕的馬車
　　　我們，也快要望不到故鄉了……

那是最初的日子，那是守約的日子
　　　那是神氣地走在街上的日子
我們不假思索，我們相識匆匆
　　　我們曾不加修飾，我們曾如醉如痴

充滿醉意的末班車
是滿滿的一天。窗簾已經遮嚴
　　　是纏綿的一個下午。郵差穿著綠制服
　　　　　是保證燦爛的一生

那是愛情的時間
　　　那是在一起的時間
那是一段短暫的時間
　　　只來得及把心靈，剛剛溫暖

但吻過了，也吻夠了
　　仔細地溫柔地注視我
撫摸我，安慰我
　　你，快要向我告別了

承認的時候，快到了
　　你笑的冷酷，你笑得不留痕迹
你笑得多麼匆忙
　　離別的時刻，你笑得多麼匆忙

星星也模糊了，站在
　　濕漉漉的電車站的那個你
要把手抽回來
　　要把它，小心翼翼地揣進兜裡

逃走了，終於逃走了
　　那日子，再也捉不回來了
像偽金幣，像漂亮的眼睛
　　叮噹地響著，欺騙著流動過去

十個美好的星期天
　　　兩個人在一起創造秘密的時間
像一個淡淡的沒有記住的夢
　　　像一個炊煙不再升起的鄉下的早晨

什麼都沒有剩下
　　　愛，什麼都沒有剩下
你從容地走了，你走吧
　　　你把別人的春天也帶走了，你帶走吧

可怕的愛的經過呵
　　　可怕的愛的罪過呵
擦擦潮潤的眼睛
　　　你，還能再說什麼

往昔，已經故去
　　　已經故去的這般久遠
像一聲清脆的童年的口哨
　　　帶走我一生的淳樸，和莊嚴……

秋天，走進痛苦已經平靜的墓園

秋天，立下我金色的墓志銘：

遭遇如此，因歡樂如此，幸運如此

真正的悲哀還沒有揭開，真正的美還沒有到來——

1973

能夠

能夠有大口喝醉燒酒的日子

能夠壯烈、酩酊

能夠在中午

在鐘錶滴答的窗幔後面

想一些瑣碎的心事

能夠認真地久久地難為情

能夠一個人散步

坐到漆綠的椅子上

閤一會兒眼睛

能夠舒舒服服地嘆息

回憶並不愉快的往事

忘記菸灰

彈落在什麼地方

能夠在生病的日子裡

發脾氣，做出不體面的事

能夠沿著走慣的路

一路走回家去

能夠有一個人親你

擦洗你，還有精緻的謊話

在等你，能夠這樣活著

可有多好，隨時隨地

手能夠折下鮮花

嘴唇能夠夠到嘴唇

沒有風暴也沒有革命

灌溉大地的是人民捐獻的酒

能夠這樣活著

可有多好，要多好就有多好！

1973

致情敵

在自由的十字架上射死父親

你怯懦的手第一次寫下：叛逆

當你又從末日向春天走來

復活的路上橫著你用舊的屍體

懷著血不會在榮譽上凝固的激動

我扶在巨人的銅像上昏昏睡去

夢見在真理的冬天：

有我，默默趕開墓地上空的烏鴉……

1973

致太陽

給我們家庭，給我們格言
你讓所有的孩子騎上父親肩膀
給我們光明，給我們羞愧
你讓狗跟在詩人後面流浪

給我們時間，讓我們勞動
你在黑夜中長睡，枕著我們的希望
給我們洗禮，讓我們信仰
我們在你的祝福下，出生然後死亡

查看和平的夢境、笑臉
你是上帝的大臣
沒收人間的貪婪、嫉妒
你是靈魂的君王

熱愛名譽，你鼓勵我們勇敢
撫摸每個人的頭，你尊重平凡
你創造，從東方升起
你不自由，像一枚四海通用的錢！

1973

手藝
——和瑪琳娜‧茨維塔耶娃

我寫青春淪落的詩

（寫不貞的詩）

寫在窄長的房間中

被詩人姦污

被咖啡館辭退街頭的詩

我那冷漠的

再無怨恨的詩

（本身就是一個故事）

我那沒有人讀的詩

正如一個故事的歷史

我那失去驕傲

失去愛情的

（我那貴族的詩）

她，終會被農民娶走

她，就是我荒廢的時日……

1973

美學筆記

故宮兩百年前的鼓聲

已經趨於寂靜，歷史晚期的腳步聲

仍在裡面不祥地迴盪

循著千萬條不可揣測的思路

一脈靈魂的回潮

穿過夢的古老的房間

朝東方的夜奔湧⋯⋯

被我瞥見的神武門

重又關閉，觀念

已倦於遠行，只有我依靠過的樹

繼續隱藏於黑暗裡

像一隻隻棲睡的大鳥

只是微微搖動它們的羽毛

1976

給樂觀者的女兒

噢，你的情節很正常

正像你訂報紙

查閱自己失踪的消息一樣

樂觀者的女兒

請你，也來影響一下我吧

也為你的花組織一個樂隊吧；

看，你已經在酒店前面的街上行走

已經隨手把零錢丟給行人

還要用同樣的儀態問：「哦，早晨

早晨向我問候了嗎？」

還要用最寵愛別人的手勢

指指路旁的花草，指指

被你嬌慣的那座城市

正像你在房間中走來走去

經過我，打開窗子

又隨手拿起桌上的小東西

噢瞧你，先用腳尖

顫動地板，又作手勢

恫嚇我什麼

如果有可能

還會堅持打碎一樣東西

可你一定要等到晚上

再重翻我的手稿

還要在無意中突然感到懼怕

你懼怕思想

但你從不說

你為心情而生活

就是小心翼翼地保護它

但你從不說

我送給你的酒——你澆花了

還要擦過嘴唇的手帕

塞到我手裡，就

滿意地走來走去

撫摸一切，想到一切

不經我的許可就向我開口

說出大言不慚的話

你可以使一切都重新開始

你這樣相信

你這樣相信吧

你就一刻也不再安靜

可也並不流露出匆忙

你所做的一切都似是而非

只有你撫摸過的花

它們注定在今晚

不再開放

呵，當你經過綠水窪的時候

你不是閉起眼睛

不是把回憶當作一件禮物

你說你愛昨天古怪的回憶

你不是在向那所房子看呵看呵

看了很久

你可知道

你懷念的是什麼

你要把記憶的洞打開

像趕出黃昏的蝙蝠那樣

你要在香煙吸盡的一剎那

把電燈扭亮，你要做回憶的主人──

1977

第二輯

1980年代

鱷魚市場

一度我們曾是真誠的
就因為無知的樣子很純真
　　就因為我們
　　還未學會扮演別人
還不了解價格
還不知道善良
　　是一種最不經久的商品
　　我們並不想知道

才常常打開櫃子
取出放爛的慷慨
　　去買零食吃吧，人們
——就把果核吐到地板上！

我們還想一步就跨到街上
對著歲月皮膚鬆弛的臉
　　迎面灑上一大把
　　新鮮的六月的櫻桃：

別耷拉你們的耳朵啦
　　　　　　　——人民

就因為

　　在我們內心

　　裡面有一個世界

車輛常在其中來往

我們全是英俊的少年人

　　正要乘著年華

　　去看大海──

可隨著第一隻西瓜被切開

　　就讓我們大吃一驚

原來，原來已經走進市場：

　　人們在用殘酷的機器烤肉

　　在剝下象徵純潔的皮

人們的臉上滿是油啊

　　從口中取出果丹皮

　　人們說：生活

　　從沒有這樣真實過！

可我們一心只想聽到：

再給我們一點羞恥吧！

我們一心只想聽到

大嘴巴女人的歌唱

　　再給我們一點羞恥吧……

※　　※　　※

因為，就因為

　　還在做孩子的時候

就看到照相機

　　對著我們的眼睛說謊

讓我們就此

　　只能從指縫中看世界

看到世界的缺口──自由

　　　從不相識的自由

　　　小得就像曾祖父

親手揩擦過的

　　　那扇天窗：自由

　　　從不相識的自由

當我們還未學會

　　擺弄刀叉

挑吃牡蠣的肉──就有人
過來打我們的手
　教我們珍惜麵包瓤裡
　那幾顆果料
第一次有人扭痛我們的鼻子
　　說的就是：學著
　　　做一隻捲心菜裡的瓢蟲吧
　　別小看──裡面有白來的生活！

剛剛能夠聽懂髒話
耳朵就從我們臉上
　永遠地萎縮了。還一塊兒失掉了
　會害臊的器官：人格
　　　最初的人格。

可我們還從未見過玫瑰呢
我們這些從未見過玫瑰的男孩子呵

竟又被送進學校
　那訓練扯謊訓練凶殘
　的健身房。就是在那兒

有人捏著亮晶晶的鉗子

為了取走我們

學會吃肉之前的奶牙

就是在那兒

我們生出了

再也不知羞恥的招風耳

以及——不良少年臉上

在春天綻開的癬

我們嚐到了掐下花朵的快樂

一心迷戀舌尖兒

接觸舌尖兒的快樂

我們看到了肉

在游泳衣的網眼中

顫抖的肉——以及

活下來的意義：

腳趾互相勾住的那麼一會兒

互相摸索的時間

直到包皮也漸漸退化

　　遍身生滿粗硬的皮

我們，竟又被捉進一間

　　一間的屋子中去

當我們猛然醒悟，才發覺

那就是：家庭

就在那一間一間的屋子中

　　縮回了，我們縮回了

　　　　要去跨越大地的腳

就在那一張張的大床上

　　增加我們墮落的體重

　　　　直到肚子也拖垂到地板上

我們會看到另一個人：妻子

　　　　和她的影子：在廚房中

　　　　　　淌汗的生活

「再油一遍小衣櫃吧——蠢貨！」

太陽就從那時變成了庸俗的攝影師

一些受到驚嚇的懦夫，看來

　　正是我們。正盯著一些

乾癟的棗兒吊在枝頭

　　就像下垂的無能的陰囊

那是我們僅存的一點奢望

　　就是那兩只可憐的腰子

它們吸收我們體內的最後一點營養

　　　就像一小截貪婪的腸子

而，我們應當有過的品格

　　早被剝製成乾果

就和乾辣椒、蔥頭一塊兒

　　掛到門前的小釘上

一些把尾巴也一塊兒

　　穿到褲子裡的男人

　　在時時向它張望

噢，我們這些頭髮曾經燃燒的男人啊

我們唯一忘記的就是人

　我們終於戒掉了人

　　關心別人的壞習慣

當你的手搭到別人肩上

　　準會感到皮革般的隔膜

　　當你看到別人的臉

　　　　已變得這般冷漠

　　你準會感到人

　　對人有過的祝福

已成為一樁古老的醜事──當然

　　世界上留下你和我

　　也只是一對普通的交易者

──我們已經很少議論太陽了

　　　如果價錢合適

　　　我們會把它

　　　　也一塊兒賣掉！

而我們原是拾撿海蠣精美皮殼的少年人呵
我們原是夢想成為神奇樂師的人呵

　※　　※　　※

直到有一天有人喚著我們的名字：白癡

噢，白癡
　　梳你們的鬍子
　　　　拔你們鼻子眼兒裡的毛
　　　　　剪你們的腳趾甲吧

你們這些
　　　往皮夾克上打油
　　　在女人枕上留下皮屑的男人呵
　　　　　往腋下擦除臭劑
　　　　　把絲襪帶勒進脂肪的女人呵
　　　把你們香腸般的手指
　　　再浸到油鍋裡炸一遍吧
用你們翹起來的小指頭
　喝你們的湯
　　　割你們的雙眼皮兒
　　　　拔光你們的眉毛吧！

再用小刀

　　細細地刮淨你們的小腿吧！

大口大口地——你們

吞嚥橡皮或者脂肪

有著腫大的嚇人的甲狀腺

和再吞吃掉十萬隻蝸牛的飢餓感

可你們——有誰

　　敢再提到哪兒

　　去尋找一個出租勇氣的地方

　　找到那家經營貪婪的商店

　　　　讓二十萬頭肉牛

　　　　一齊爛死在裡邊？

當你們看到皮

　　怎樣從牛身上剝下

　　牛頭，怎樣和牛身分家

歲月的屠夫，怎樣

　　在皮圍裙上揩擦血手

　　就悄悄地

背過身子，把牙齒吐到池子裡去吧
　　　吐到池子中間
　　　漂著油花的剩粥裡去吧
別忘了吐掉的
　　　是你早年不馴的性格
　　　是你浪子往日的倔強！

哎，那時候——你還敢
　　　推開盛在小碟中的貓魚
　　　抹在麵包上的愚蠢
　　　和寄賣商店的出售的大號壽衣
還敢從地上拾起針
　　　追著諷刺假奶、髮套
　　　　還敢從指甲中剔出你的詛咒：
　　　中風吧——拐杖！
　　　沉到杯底吧——假牙！
還敢用屁股
　　　對準前面的世界
　　　　還敢把它稱為：抗議！

你們這些永遠失去吸吮檸檬快樂的男人呵

　你們這些屁股大大的男人呵

　　你們這些認為哭泣無用的男人呵

而且，你們是多麼想念女人胸前美好的水果呵

　而且，你們是多麼想念

　　大嘴巴女人的歌唱呵：

　　　　再給我們一點羞恥吧！

　　　　再給我們一點無用的羞恥吧！

噢，當眼睛大大的孩子注視我們的時候

　我們，我們是多麼多麼地懷念

　我們是多麼多麼地懷念

　我們童年的那架大管風琴啊——

1982

妄想是真實的主人

而我們，是嘴唇貼著嘴唇的鳥兒
在時間的故事中
與人
進行最後一次劃分：

鑰匙在耳朵裡扭了一下
影子已脫離我們
鑰匙不停地扭下去
鳥兒已降低為人
鳥兒一無相識的人。

1982

吃
肉

真要感謝周身的皮膚，在
下油鍋的時候作
保護我的
腸衣

再往我胸脯上澆點兒
蒜汁吧，我的床
就是碟兒
怕我

垂到碟外的頭髮麼？

猶如一張臉對著另一張臉
我瞪著您問您
把一片兒
切得

很薄很薄的帶鹹味兒的
笑話，夾進了
您的麵包

先生：

芥末讓我渾身發癢

1982

一致

我們坐著我們並排坐著
我們像沒有腿似的坐著
我們與時間是一致的

座椅在六十年內沒有改變個性
沒有那樣的機會
永遠沒有

「而我們要改變這個語言！」
說完，牙齒就忽然折斷
又一起沉默了七十年

類似儲藏室中排列的陶灌
罐上的灰土是時間的另一種語言
已存在過上千年。

1982

無題

散發著胡椒香氣的夜
巴黎的憂鬱

從一隻黑色的口腔升起
法蘭西古老的欲望

像一隻駭人的犁
月亮的一角

也翹起來了
好像在湯裡

兩隻假奶
勒緊了巴黎的心

每一粒星星
是一個回城的兒童

「法蘭西萬歲！」
就像一陣槍聲……

1983

愛好哭泣的女人

方子將正點倒塌

那就由你來哭泣吧

當初我約你一同背過臉去

你非說，大腳的女人，你非說：

　　「逗逗我，不然

　　我會從很遠很遠的地方走來」

我才接著朝高處喊：

　　「樹上的女人

　　你在眺望什麼？」

　　「眺望我臉上的皺紋」

　　說完你就邀請我的手

　「摸摸我，我不以為那是罪過

　摸摸我，不然我會心碎」

　　我聽了大為感動：

　「那麼，躲在扇子後面的女人

　你還想要什麼？」

「送我一副好牙齒」

說完，你就把葡萄留下
把核兒退回我的口中
我想，至今我仍在想，這就是為什麼

兩片鮮紅鮮紅的嘴唇
至今，仍晾在繩子上
像當初我們分手的時候一樣──

1983

從死亡的方向看

從死亡的方向看總會看到
一生不應見到的人
總會隨便地埋到一個地點
隨便嗅嗅，就把自己埋在那裡
埋在讓他們恨的地點

他們把鏟中的土倒在你臉上
要謝謝他們。再謝一次
你的眼睛就再也看不到敵人
就會從死亡的方向傳來
他們陷入敵意時的叫喊
你卻再也聽不見
那完全是痛苦的叫喊！

1983

愛好哭泣的窗戶

在最遠的一朵雲下面說話
在光的磁磚的額頭上滑行
在四個季節之外閒著

閒著，寂靜
是一面鏡子
照我：忘記呀

是一只只迷人的梨
懸著，並且抖動：
「來，是你的」它們說

早春，在四個季節中
撕開了一個口子
「是你的，還給你，原來的

一切全都還給你」說著
說著，從樹上吐掉了
四只甜蜜的核兒

而太陽在一只盆裡游著

游著，水流中的魚群

在撞擊我的頭⋯⋯

1983

馬　灰暗的雲朵好像送葬的人群
牧場背後一齊抬起了悲哀的牛頭

孤寂的星星全都摟在一起
好像暴風雪

驟然出現在祖母可怕的臉上
噢，小白老鼠玩耍自己雙腳的那會兒

黑暗原野上咳血疾馳的野王子
舊世界的最後一名騎士

──馬
一匹無頭的馬，在奔馳……

1985

死了。死了十頭

又多了十頭。多了
十頭獅子

死後的事情：不多
也不少──剛好

剩下十條僵硬的
舌頭。很像五雙

變形的木拖鞋
已經生鏽

的十根尾巴
很像十名獸醫助手

手中的十根繩子
鬆開了。張開了

作夢的二十張眼皮：
在一只澡盆裡坐著

十頭獅子，啞了
但是活著。但是死了

──是十頭獅子
把一個故事

餓死了。故事
來自講故事

的十隻
多事的喉嚨。

1985

里程

一條大路吸引令你頭暈的最初的方向
那是你的起點。雲朵包住你的頭
準備給你一個工作
那是你的起點
那是你的起點
當監獄把它的性格塞進一座城市
磚石在街心把你摟緊
每年的大雪是你的舊上衣
天空，卻總是一所藍色的大學

天空，那樣慘白的天空
剛剛被擰過臉的天空
同意你笑，你的鬍子
在匆忙地吃飯
當你追趕穿越時間的大樹
金色的過水的耗子，把你夢見：
你是強大的風暴中一粒捲曲的蠶豆
你是一把椅子，屬於大海
要你在人類的海邊，從頭讀書

尋找自己，在認識自己的旅程中
北方的大雪，就是你的道路
肩膀上的肉，就是你的糧食
頭也不回的旅行者啊
你所蔑視的一切，都是不會消逝的

1985

關懷

早晨，一陣鳥兒肚子裡的說話聲

把母親驚醒。醒前（一只血枕頭上

畫著田野怎樣入睡）

鳥兒，樹杈翹起的一根小拇指

鳥兒的頭，一把金光閃閃的小鑿子

嘴，一道鏟形的光

翻動著藏於地層中的蛹：

「來，讓我們一同種植

　　　世界的關懷！」

鳥兒用童聲歌唱著

用頑固的頭研究一粒果核

（裡面包著永恆的飢餓）

這張十六歲的鳥兒臉上

兩隻恐怖的黑眼圈

是一隻倒置的望遠鏡

從中射來粒粒粗笨的獵人

──一群搖搖晃晃的大學生

背包上寫著：永恆的寂寞。

從指縫中察看世界，母親

就在這時把頭髮鎖入櫃中

一道難看的閃電扭歪了她的臉

（類似年輪在樹木體內沉思的圖景）

大雪，搖著千萬隻白手

正在下降，雪道上

兩行歪歪斜斜的足跡

一個矮子像一件黑大衣

正把骯髒的田野走得心煩意亂……

於是，猛地，從核桃的地層中

從一片麥地

我認出了自己的內心：

一陣血液的愚蠢的激流

一陣牛奶似的撫摸

我喝下了這個早晨

我，在這個早晨來臨。

1986

字

它們是自主的
互相爬到一起
對抗自身的意義
讀它們它們就廝殺
每天早晨我生這些東西的氣
我恨這已經寫就的
簡直就是他寫的

我做過的夢
是從他腦袋裡漏走的煤氣
一種鎮靜，拔掉了
最後一顆好牙後的鎮靜
在他臉上顫抖
像個忘記輸血的病人
他衝出門去
他早就瞧不起自己。

1986

你愛這叮噹作響的田野嗎

把肉體交付馳向暗夜的馬
用裸露阻擋長夜的流逝
調整著播種者的步幅
犁頭，迸出火花

我的形象
在那時飛速湧入

在鋸木人把黎明劈成兩半的時刻

尖銳的牛角抵住岩石的傷口
你的眼睛接納了整個夜晚
我的話語融化在你口中
兩片嘴唇將天空癒合

那片倒伏的麥地
繼續著我們的生存……

1986

中選

一定是在早晨。鏡中一無所有，你回身
旅館單間的鑰匙孔變為一隻男人的假眼
你發出第一聲叫喊

大海，就在那時鑽入一隻海蠣
於是，突然地，你發現，已經置身於
一個被時間砸開的故事中

孤獨地而又並非獨自地
用無知的信念餵養
一個男孩兒

在你肚子中的重量
呼吸，被切成了塊兒
變成嚴格的定量

一些星星抱著尖銳的石頭
開始用力舞蹈
它們酷似那男人的臉

而他要把它們翻譯成自己未來的形象
於是，你再次發出一聲叫喊
喊聲引來了醫生

耳朵上纏著白紗布
肩膀上挎著修剪嬰兒睫毛的藥械箱
埋伏在路旁的樹木

也一同站起
最後的喊聲是：

　　「母親青春的罪！」

1987

授　威士忌在昏暗的腦袋裡酗酒，幫我
挖開了我的睡眠：
置身一場盲人夢到的大雪
父親，我夢到了夢的源頭。

夢，是一個農夫站定
金屬的馬糞堆成了道路
多餘的黑雲從頭髮間長出
用灌了鉛的腳跺著，跺著腳底的重量
──里程，被勒緊了
我，被牽著，向
樺樹皮保留的一個完整的人形──撲去
父親，另一個人生在開始。

父親，那是同一個人生。
靠手在牆上的塗抹前進
死人的腳，在空氣中走上走下
腳印被砌進牆裡
先從男人開始，奶水
就是嗚咽的開始
父親，我聽到他們沒羞的哭聲

就來自雲的人形大悲悼。哭聲是：

　　「在你的遺忘中，我們已經有了年齡。」

樹木倦於悲悼。死人

把它們圍在當中。死人的命令是：

　　「繼續悲悼。」

1987

1988年2月11日——紀念普拉斯

1

這住在狐皮大衣裡的女人
是一塊夾滿髮夾的雲

她沉重的臀部，讓以後的天空
有了被坐彎的屋頂的形狀

一個沒有了她的世界存有兩個孩子
脖子上墜著奶瓶

已被綁上馬背。他們的父親
正向馬腹狠踢臨別的一腳：

「你哭，你喊，你止不住，你
就得用藥！」

2

用逃離眼窩的瞳仁追問：「那列
裝滿被顛昏的蘋果的火車，可是出了軌？」

黑樹林毫無表情，代替風
陰沉的理性從中穿行

「用外省的口音招呼它們
它們就點頭？」天空的臉色

一種被辱罵後的痕跡
像希望一樣

靜止。「而我要吃帶尖兒的東西！」
面對著火光著身子獨坐的背影

一陣解毒似的圓號聲──永不腐爛的神經
把她的理解啐向空中……

1988

通往父親的路

坐彎了十二個季節的椅背，一路
打腫我的手察看麥田
冬天的筆跡，從毀滅中長出：

有人在天上喊：「買下雲
投在田埂上的全部陰影！」
嚴厲的聲音，母親

的母親，從遺囑中走出
披著大雪
用一個氣候扣壓住小屋

屋內，就是那塊著名的田野：
長有金色睫毛的倒刺，一個男孩跪著
挖我愛人：「再也不准你死去！」

我，就跪在男孩身後
挖我母親：「決不是因為不再愛！」
我的身後跪著我的祖先

與將被做成椅子的幼樹一道
升向冷酷的太空
拔草。我們身後

跪著一個陰沉的星球
穿著鐵鞋尋找出生的跡象
然後接著挖──通往父親的路⋯⋯

1988

大樹

看到那把標有價格的斧子了嗎？

你們這些矮樹

穿著小男孩兒的短褲

那些從花朵中開放出來的聲音

一定傷透了你們的心：

　　「你們的傷口

　　　過於整齊。」

你們聽到了，所以你們怕

你們怕，所以你們繼續等待

等待大樹做過的夢

變成你們的夢話：

　　「大樹，吃母親的樹

　　　已被做成了斧柄」

1988

1986年6月30日

橫跨太平洋我愛人從美國傳信來：

「那片麥子死了——連同麥地中央的墓地」

這是一種手法——等於

往一個男人屁股上多踢了一腳

就算蓋了郵戳

一共44美分

這景象背後留有一道伏筆

譬如，曼哈頓一家鞋店門口有一幅標語：

「我們來自不同的星球」

或著，一塊從費城送往辛辛那堤的

三種膚色的生日蛋糕上寫的：

「用一個孩子癒合我們之間的距離」

這景象背後再無其他景象

唯一的景象是在舊金山：

從屁股兜裡摸出
一塊古老的東方的豬油肥皂

一個攙扶盲人過街的水手
把它丟進了轟鳴的宇宙。

1988

阿姆斯特丹的河流

十一月入夜的城市
唯有阿姆斯特丹的河流

突然

我家樹上的橘子
在秋風中晃動

我關上窗戶，也沒有用
河流倒流，也沒有用
那鑲滿珍珠的太陽，升起來了

也沒有用
鴿群像鐵屑散落
沒有男孩子的街道突然顯得空闊

秋雨過後
那爬滿蝸牛的屋頂
──我的祖國

從阿姆斯特丹的河上，緩緩駛過⋯⋯

1989

居民

他們在天空深處喝啤酒時，我們才接吻
他們歌唱時，我們熄燈
我們入睡時，他們用鍍銀的腳趾甲
走進我們的夢，我們等待夢醒時
他們早已組成了河流

在沒有時間的睡眠裡
他們刮臉，我們就聽到提琴聲
他們划槳，地球就停轉
他們不划，他們不划

我們就沒有醒來的可能

在沒有睡眠的時間裡
他們向我們招手，我們向孩子招手
孩子們向孩子們招手時
星星們從一所遙遠的旅館中醒來了

一切會痛苦的都醒來了

他們喝過的啤酒，早已流回大海
那些在海面上行走的孩子
全都受到他們的祝福：流動

流動，也只是河流的屈從

用偷偷流出的眼淚，我們組成了河流⋯⋯

1989

在英格蘭

當教堂的尖頂與城市的煙囪沉下地平線後
英格蘭的天空，比情人的低語聲還要陰暗
兩個盲人手風琴演奏者，垂首走過

沒有農夫，便不會有晚禱
沒有墓碑，便不會有朗誦者
兩行新栽的蘋果樹，刺痛我的心

是我的翅膀使我出名，是英格蘭
使我到達我被失去的地點
記憶，但不再留下犁溝

恥辱，那是我的地址
整個英格蘭，沒有一個女人不會親嘴
整個英格蘭，容不下我的驕傲

從指甲縫中隱藏的泥土，我
認出我的祖國——母親
已被打進一個小包裹，遠遠寄走……

1989—1990

看海

看過了冬天的海，血管中流的一定不再是血

所以做愛時一定要望到大海

一定地你們還在等待

等待海風再次朝向你們

那風一定從床上來

那記憶也是，一定是

死魚眼中存留的大海的假象

漁夫一定是休假的工程師和牙醫

六月地裡的棉花一定是藥棉

一定地你們還在田間尋找煩惱

你們經過的樹木一定被撞出了大包

巨大的怨氣一定使你們有與眾不同的未來

因為你們太愛說一定

像印度女人一定要露出她們腰裡的肉

距離你們合住的地方一定不遠

距離唐人街也一定不遠

一定會有一個月亮亮得像一口痰

一定會有人說那就是你們的健康

再不重要地或更加重要地，一定地

一定地它留在你們心裡

就像英格蘭臉上那塊傲慢的炮彈皮

看海一定耗盡了你們的年華

眼中存留的星群一定變成了煤渣

大海的陰影一定從海底漏向另一個世界

在反正得有人死去的夜裡有一個人一定得死

雖然戒指一定不願長死在肉裡

打了激素的馬的屁股卻一定要激動

所以整理一定就是亂翻

車鏈掉了車蹬就一定踏得飛快

春天的風一定像腎結石患者繫過的綠腰帶

出租汽車司機的臉一定像煮過的水果

你們回家時那把舊椅子一定年輕，一定的

1989—1990

第三輯

1990年代

他們

手指插在褲袋裡玩著零錢和生殖器
他們在玩成長的另一種方法

在脫衣舞女撅起的臀部間
有一個小小的教堂,用三條白馬的腿走動起來了

他們用鼻子把它看見
而他們的指甲將在五月的地裡發芽

五月的黃土地是一堆堆平坦的炸藥
死亡模擬它們,死亡的理由也是

在發情的鐵器對土壤最後的刺激中
他們將成為被犧牲的田野的一部分

死人死前死去已久的寂靜
使他們懂得的一切都不再改變

他們固執地這樣想,他們做
他們捐出了童年

使死亡保持完整

他們套用了我們的經歷。

1991

早晨

是早晨或是任何時間，是早晨

你夢到你醒了，你害怕你醒來

所以你說：你害怕繩子，害怕臉

像鳥兒的女人，所以你夢到你父親

說鳥兒語，喝鳥兒奶

你夢到你父親是個獨身者

在偶然中而不是在夢中

有了你，你夢到你父親做過的夢

你夢到你父親說：這是死人做過的夢。

你不相信但你傾向於相信

這是夢，僅僅是夢，是你的夢：

曾經是某種自行車的把手

保持著被手攥過的形狀

現在，就耷拉在你父親的小肚子上

曾經是一個拒絕出生的兒子

現在就是你，正爬回那把手

你夢到了你夢中的一切細節

像你父親留在地下的牙，閃著光

笑你，所以你並不是死亡

只是其中一例：你夢到了你夢的死亡。

1991

沒有

沒有人向我告別

沒有人彼此告別

沒有人向死人告別，這早晨開始時

沒有它自身的邊際

除了語言，朝向土地被失去的邊際

除了鬱金香盛開的鮮肉，朝向深夜不閉的窗戶

除了我的窗戶，朝向我不再懂得的語言

沒有語言

只有光反覆折磨著，折磨著

那只反覆拉動在黎明的鋸

只有鬱金香騷動著，直至不再騷動

沒有鬱金香

只有光，停滯在黎明

星光，播灑在疾馳列車沉睡的行李間內

最後的光，從嬰兒臉上流下

沒有光

我用斧劈開肉，聽到牧人在黎明的尖叫
我打開窗戶，聽到光與冰的對喊
是喊聲讓霧的鎖鏈崩裂

沒有喊聲

只有土地
只有土地和運穀子的人知道
只有午夜鳴叫的鳥是看到過黎明的鳥

沒有黎明

1991

我始終欣喜有一道光在黑夜裡

我始終欣喜有一道光在黑夜裡

在風聲與鐘聲中我等待那道光

在直到中午才醒來的那個早晨

最後的樹葉作夢般地懸著

大量的樹葉進入了冬天

落葉從四面把樹圍攏

樹，從傾斜的城市邊緣集中了四季的風——

誰讓風一直被誤解為迷失的中心

誰讓我堅持傾聽樹重新擋住風的聲音

為迫使風再度成為收穫時節被迫張開的五指

風的陰影從死人手上長出了新葉

指甲被拔出來了，被手。被手中的工具

攢緊，一種酷似人而又被人所唾棄的

像人的陰影，被人走過

是它，驅散了死人臉上最後那道光

卻把砍進樹林的光，磨得越來越亮

逆著春天的光我走進天亮之前的光裡

我認出了那恨我並記住我的唯一的一棵樹

在樹下，在那棵蘋果樹下

我記憶中的桌子綠了

骨頭被翅膀驚醒的五月的光華，向我展開了

我回頭，背上長滿青草

我醒著，而天空已經移動

寫在臉上的死亡進入了字

被習慣於死亡的星辰所照耀

死亡，射進了光

使孤獨的教堂成為測量星光的最後一根柱子

使漏掉的，被剩下。

1991

在這樣一種天氣裡　來自天氣的任何意義都沒有

土地沒有輻員，鐵軌朝向沒有方向
被一場做完的夢所拒絕
被裝進一只鞋匣裡
被一種無法控訴所控制
在蟲子走過的時間裡
畏懼死亡的人更加依賴畏懼

　　　　　　在這樣一種天氣裡
　　　　　　你是那天氣裡的一個間隙

你望著什麼，你便被它所忘卻
吸著它呼出來的，它便鑽入你的氣味
望到天亮之前的變化
你便找到變回草的機會
從人種下的樹木經過
你便遺忘一切

　　　　　　在這樣一種天氣裡
　　　　　　你不會站在天氣一邊

也不會站在信心那邊，只會站在虛構一邊

當馬蹄聲不再虛構詞典

請你的舌頭不要再虛構馬蜂

當麥子在虛構中成熟，然後爛掉

請吃掉夜鶯歌聲中最後的那只李子吧

吃掉，然後把冬天的音響留到枝上

在這樣一種天氣裡

只有虛構在進行

1992

捉馬蜂的男孩

沒有風的時候，有鳥
「有鳥，但是沒有早晨」

捉馬蜂的男孩從一幅畫的右側進入
樹的叫聲，被鳥接過去了

「小媽媽，你擁有的麥田向著我」
三個太陽追著一隻鳥

「小媽媽，你肚子裡的小牛動起來啦」
世上最黑的一匹馬馳來

「小媽媽，棺材是從南方運來的」
樹木量著，量著孩子的頭

孩子的呼喊，被留在一只梨裡
更多的人，被留在畫面之外

孩子曾用五隻腳站立
他現在的腳是沙

長不出葉子的幼樹開始哭泣

一只熟透的李子接著叫「你們──我們」

1992

它們

——紀念西爾維亞‧普拉斯

裸露，是它們的陰影
像鳥的呼吸

它們在這個世界之外
在海底，像牡蠣

吐露，然後自行閉合
留下孤獨

可以孕育出珍珠的孤獨
留在它們的陰影之內

在那裡，回憶是冰山
是鯊魚頭做的紀念館

是航行，讓大海變為灰色
像倫敦，一把撐開的黑傘

在你的死亡裡存留著
是雪花，盲文，一些數字

但不會是回憶

讓孤獨，轉變為召喚

讓最孤獨的徹夜搬動桌椅

讓他們用吸塵器

把你留在人間的氣味

全部吸光，已滿三十年了。

1993

依舊是

走在額頭飄雪的夜裡而依舊是
從一張白紙上走過而依舊是
走進那看不見的田野而依舊是

走在詞間，麥田間，走在
減價的皮鞋間，走到詞
望到家鄉的時刻，而依舊是

站在麥田間整理西裝，而依舊是
屈下黃金盾牌鑄造的膝蓋，而依舊是
這世上最響亮的，最響亮的

　　　　　　依舊是，依舊是大地

一道秋光從割草人腿間穿過時，它是
一片金黃的玉米地裡有一陣狂笑聲，是它
一陣鞭炮聲透出鮮紅的辣椒地，它依舊是

任何排列也不能再現它的金黃
它的秩序是秋日原野的一陣奮力生長
它有無處不在的說服力，它依舊是它

一陣九月的冷牛糞被鏟向空中而依舊是

十月的石頭走成了隊伍而依舊是

十一月的雨經過一個沒有了你的地點而依舊是

依舊是七十只梨子在樹上笑歪了臉

你父親依舊是你母親

笑聲中的一陣咳嗽聲

牛頭向著逝去的道路顛簸

而依舊是一家人坐在牛車上看雪

被一根巨大的牛舌舔到

　　　　　　溫暖啊，依舊是溫暖

是來自記憶的雪，增加了記憶的重量

是雪欠下的，這時雪來覆蓋

是雪**翻**過了那一頁

　　　　翻過了，而依舊是

冬日的麥地和墓地已經接在一起

四棵淒涼的樹就種在這裡

昔日的光湧進了訴說，在話語以外崩裂

　　　　崩裂，而依舊是

你父親用你母親的死做他的天空

用他的死做你母親的墓碑

你父親的骨頭從高高的山崗上走下

　　　　　而依舊是

每一粒星星都在經歷此生此世

埋在後園的每一塊碎玻璃都在說話

為了一個不會再見的理由，說

　　　　　依舊是，依舊是

　　　　　　　　　　　　1993

鎖住的方向

是失業的鎖匠們最先把你望到

當你飛翔的臀部穿過蘋果樹影

一個廚師陰沉的臉，轉向田野

當舌頭們跪著，漸漸跪成同一個方向

它們找不到能把你說出來的那張嘴

它們想說，但說不出口

說：還有兩粒橄欖

在和你接吻時，能變得堅實

還有一根舌頭，能夠作打開葡萄酒瓶的螺旋錐

還有兩朵明天的雲，擁抱在河岸

有你和誰接過的吻，正在變為遍地生長的野草莓

舌頭同意了算什麼

是玉米中有謎語！歷史朽爛了

而大理石咬你的脖子

兩粒橄欖，謎語中的謎語

支配鳥頭內的磁石，動搖古老的風景

讓人的虛無在兩根水泥柱子間徘徊去吧

死人才有靈魂

在一條撐滿黑傘的街上

有一袋沉甸甸的橘子就要被舉起來了

從一隻毒死的牡蠣內就要敞開另一個天空

馬頭內，一只大理石浴盆破裂：

綠色的時間就要降臨

一隻凍在冰霜裡的雞渴望著

兩粒賴在烤羊腿上的葡萄乾渴望著

從一個無法預報的天氣中

從誘惑男孩子尿尿的滴水聲中

從脫了脂的牛奶中

從最後一次手術中

渴望，與金色的沙子一道再次闖入風暴

從燻肉的汗腺和暴力的腋窩中升起的風暴

當浮冰，用孕婦的姿態繼續漂流

渴望，是他們唯一留下的詞

當你飛翔的臀部打開了鎖不住的方向

用赤裸的肉體阻擋長夜的流逝

他們留下的詞，是穿透水泥的精子——

1994

鎖不住的方向

是失業的鎖匠們最後把你望到
當你飛翔的臀部穿過烤栗子人的昏迷
一個廚師捂住臉，跪向田野

當舌頭們跪著，漸漸跪向不同的方向
它們找到了能把你說出來的嘴
卻不再說。說，它們把它廢除了

　　　　　　　據說：還有兩粒橄欖

在和你接吻時，可以變得堅實
據說有一根舌頭，可以代替打開葡萄酒瓶的螺旋錐
誰說有兩朵明天的雲，曾擁抱在河岸
是誰和誰接過的吻，已變為遍地生長的野草莓

　　　　　　　玉米同意了不算什麼

是影子中有玉米。歷史朽爛了
有大理石的影子咬你的脖子
兩粒橄欖的影子，影子中的影子

拆開鳥頭內的磁石，支配鳥嗉囊中的沙粒
讓人的虛無停滯於兩根水泥柱子間吧

　　　　　死人也不再有靈魂

在一條曾經撐滿黑傘的街上
有一袋沉甸甸的橘子到底被舉起來了
灰色的天空，從一隻毒死的牡蠣內翻開了一個大劇場
馬頭內的思想，像電燈絲一樣清晰：

　　　　　綠色的時間在演出中到臨

一隻凍在冰霜裡的雞醒來了
兩粒賴在烤羊腿上的葡萄乾醒來了
從一個已被預報的天氣中
從抑制男孩子尿尿的滴水聲中
從脫了脂的精液中
從一次無力完成的手術中
醒來，與金色的沙子一道再次闖入風暴

從淋浴噴頭中噴出的風暴

當孕婦，用浮冰的姿態繼續漂流
漂流，是他們最後留下的詞
當你飛翔的臀部鎖住那鎖不住的方向
用赤裸的坦白供認長夜的流逝
他們留下的精子，是被水泥砌死的詞。

1994

歸
來

從甲板上認識大海
瞬間，就認出它巨大的徘徊

從海上認識犁，瞬間
就認出我們有過的勇氣

在每一個瞬間，僅來自
每一個獨個的恐懼

從額頭頂著額頭，站在門坎上
說再見，瞬間就是五年

從手攥著手攥得緊緊地，說鬆開
瞬間，鞋裡的沙子已全部來自大海

剛剛，在光下學會閱讀
瞬間，背囊裡的重量就減輕了

剛剛，在嚥下粗麵包時體會
瞬間，瓶中的水已被放回大海

被來自故鄉的牛瞪著，雲
叫我流淚，瞬間我就流

但我朝任何方向走
瞬間，就變成漂流

刷洗被單簧管麻痺的牛背
記憶，瞬間就找到源頭

詞，瞬間就走回詞典
但在詞語之內，航行

讓從未開始航行的人
永生——都不得歸來。

1994

記遊（4首）

河

一道無需線的直和它的延伸，如

豪華遊船推動經濟時，也

推動的這條河，如猶豫

已屬奢侈；承認

將比遺忘的要寬廣；比

肯定過的，要弱；不會

比錢更真實，卻一定比地圖更虛妄──

塔

遠處金字塔的輪廓，用人世的全部秘密

隱藏某種語言，腳下沙子低吟著

這個語言的另一個開端：現實

有賴於它。廢墟的寧靜

便與沙漠的寧靜

和諧了。意思是：

還由沉默

作主。

景

鐵軌旁收甘蔗的漢子直起腰時
麥田間的思緒，沿河岸走向萎縮
這就是道路？

望到一片鞋店時，已達城市的中心
在這裡猶如在到處，牽駱駝的掮客
越是指給你從開羅上空颳來的沙暴
另一隻手便越是要長久地撫摸你妻子

自行車座的最尖端……

寺

閤眼傾聽寺院僧人的掃地聲
風聲樹聲，細細品味人間

爐渣飛濺的整體情景：
某種已經變為道義的東西

隔離了恨。如冷可造大理石，
離心最遠的，已成路。

巨人的子孫，便總是憂鬱的，
盲人看到的樹別人看不見。

鐘樓變為柴房，鴿糞從容滴下，
已是建寺一千三百年後的事情……

1997

沒有

沒有表情，所以支配，從

再也沒有來由的方向，沒有的

秩序，就是吸走，**邏輯**

沒有止境，沒有的

就在增加，有船，但是空著

但是還在渡，就得有人伏於河底

挺住石頭，供一條大河

遇到高處時向上，再流進

那留不住的，河，就會有金屬的

平面，冰的透明，再不摻血

會老化，不會腐化，基石會

懷疑者的頭不會，理由

會，疼不會，在它的沸點，愛會

挺住會，等待不會，挺住

就是在等待沒有

拿走與它相等的那一份

之前，讓挺住的人

免於只是人口，馬力指的

就還是里程，沙子還會到達

它們所是的地點，它們沒有周圍

沒有期限，沒有鏽，沒有……

1998

等　捕鳥人的記憶被一只鋸短的笛子吹響
你的叫聲就從最遠離額頭的地點
合進還會疼痛的天空

也就是愛的天空吧

等醉人雙拳劈開的木桌合攏，鳥
嗅到一隻雙臂交叉的扶手椅
還在透出木頭深處的氣息

也就是你的氣息吧

等如畫的風景中有一隻手已經停止按摩
被鳥啄空的葵盤依舊向著有它們
天性的方向，也就是在承受

它們無力承受的成熟吧

等飛翔中的鳥眼瞼緊閉再現恒星

億萬年前的模樣，請穿流並

映出過你面容的那條河

也能留下價值吧，母親————

1998

既 以失望為夜鶯，就得在象牙的回聲裡歌唱了
只是不能問，要唱多久才能變為蝴蝶

那就在船夫的腋窩裡搔著，去指揮樂隊吧
去摘取浮動於樂譜中的檸檬，幫助冰
打開魚池，隨馬在廢棄的浴盆內飲水
抬頭，在經過處理的空曠中，把
病院深度的藍，擦得更亮，奔跑於
一根根燃燒的火柴頭的最尖端
隨每一個瞬間，立即變為傳統

1998

這是被誰遺忘的天氣

意味著不會再有什麼被記起
也不會再有什麼值得一再消逝

畫在船頭的眼睛望著前方
路上，僅有馬匹歸來

正是此時，滾動的雲朵
突然跟上大管風琴的呼嘯

每一個瞬間的潰敗，湧進它
鑰匙已不必猜測，雷霆從不空虛

大海不光數沙子，有人
還在寫信，只是不再寄出——

1998

第四輯

2000年代

在突尼斯

沙漠既完全走了樣，必是風
遇到了直角，既有諾言要相守
學到的必是比失去的少
能通過沙漏漏掉的就更少
但正是多出來的那種東西
進入了後來的那種天氣
在越是均勻地分配風沙的地點
看上去，就越來越像一座城市

那非思而不能言說的，非造出
而不可籠罩的一種命運，就像
從老城的每一側都能走進一家鞋店
在這裡就是在那裡，在哪裡
都是在到處，在腓尼基人的原駐地
夾著整張牛皮的人的張望
也被討錢的掌遮沒了

那就是從門縫下邊倒出的污水
讓臭味變得尖銳時
發出的存在的信號：如果

有人來此只是為了帶走陽光
能被帶走的肯定是一種懷念

尤其是掮客對著錫灰色的天空
裝好假眼的那一刻，總會有人
比賭馬還要緊張地瞄準：
從蒙面女人眼神中射出的恨
亦集中了她全身的美，既
彎曲了思，又屈從於思……

2000

感謝

在歸還它的時候借它
感謝空地，實在就是大地了

向著下工時分的煤區擴散它的地理
感謝它的過去，已顯得尤其寬廣了

在祖先的骨骸拒絕變為石像的那條線上
感謝樹木的佇立，就是親人的佇立了

不會再有墓碑測量地下水位的起降了
感謝它們原是多好的朗誦者

向著有賜予繼續發生的地點鞠躬
感謝土地深層的意思已傳至膝頭

去推動祝福所不知前往的
感謝隱藏的里程開始了

當空地也顯示麥地
感謝那預定的歉意，尚未被取走

樹木抒情性的力量便一再牽動我們的衣襟

感謝橋頭星光燦爛，直指接受者藏身處⋯⋯

2000

不放哀愁的文字檢查棉田

青銅，流放證人的舌頭
青草，訴說詞語的無能

聽親人帶著抗體離去後
籬笆留下的撕裂聲，不聽

河流與河床間永無止境的訴訟
怨婦，早把河堤跑得白白淨淨

看端碗的石像恆久佇立
用集體的徘徊驅趕蝗蟲

河流，重又投入血液的解釋
弱者，蔑視歷程而唯有里程……

2000

從馬放射著閃電的睫毛後面

東升的太陽，照亮馬的門齒
我的淚，就含在馬的眼眶之內

從馬張大的鼻孔中，有我
向火紅的莊稼地放鬆的十五歲

靠在斷頸的麥秸上，馬
變矮了，馬頭剛剛舉到舉到悲哀的程度

一匹半埋在地下的馬
便讓曠野顯得更為廣大

我的頭垂在死與鞠躬之間
聽馬的淚在樹林深處大聲嘀咕

馬腦子已溢出蝴蝶
一片金色的麥田望著我

初次相識，馬的額頭
就和我的額頭頂到一起

馬蹄聲從地心傳來

馬，繼續為我尋找塵世……

2000

前頭

永別在那裡，它已不在了
他們把它修到哪裡，它就在哪裡了

（因為終點沒有了）

哪裡會有一片疏忽的空地
不會在前頭了

（沒有，一定就是自身的秩序了）

再無可迷失的地方了
（沒有地獄，沒有原野，也沒有僧侶）

過去的，就是所有的了
正在過去的，已經不是了
部分的是，所以不是了
是無邊的，也不會再是寬廣的了

（邏輯沒有止境）

麥子不再是麥子了

（當沒有也是其中一季）

我們的醫生再也不是農民了

（那就連藉口都沒有了）

可懷抱的全都陳舊了

（詞語之外，沒有理想）

還在讓誰疼的，就是價值了

（但對於任何學院來講

沒有──也必須是一座新墳）

那就唱：不會再有合唱了

（沒有合唱）

什麼節奏也湊不出它來了

既無力把琴擎起，也不再是屈從了

（那就連障礙也沒有了）

它還有命運，橋已沒有了

石人揮手時，送別已經不動了

（那就連比較也停止了）

類人，可以發出人聲了：

沒有──比聖歌傳得遠

2001

諾言

我愛，我愛我的影子

是一隻鸚鵡，我愛吃

它愛吃的，我愛給你我沒有的

我愛問：你還愛我嗎

我愛你的耳廓，它愛聽：我愛冒險

我愛動情的房屋邀我們躺下做它的頂

我愛側臥，為一條直線留下投影

為一個豐滿的身體留下一串小村莊

我要讓離你的唇最近的那顆痣

知道，這就是我的諾言

我愛我夢中的智力是個滿懷野心的新郎

我愛吃生肉，直視地獄

但我還是愛在你懷裡偷偷拉動小提琴

我愛早早熄滅燈，等待

你的身體再次照亮這房間

我愛我睡去時，枕上全是李子

醒來時，李子回到枝頭

我愛整夜波濤吸引前甲板

我愛喊：你會歸來

我愛如此折磨港口，折磨詞語

我愛在桌前控制自己

我愛把手插入大海

我愛我的五指同時張開

緊緊抓住麥田的邊緣

我愛我的五指仍是你的五個男友

我愛回憶是一種生活，少

但比一個女人向我走來時

漏掉的還要多，就像三十年前

夕光中，街道上，背著琴匣的姑娘

仍在無端地向我微笑

我就更愛我們仍是一對魚雷

等待誰把我們再次發射出去

我愛在大海深處與你匯合，你

是我的，只是我的，我

還是愛這麼說，這麼唱我的諾言——

2001

我夢著

夢到我父親，一片左手寫字的雲

有藥店玻璃的厚度

他穿著一件藍色的雨衣

從一張老唱片的鋼針轉過的那條街上

經過洗染店，棺材行

距離我走向成長的那條街不遠

他藍色的骨胳還在召喚一輛有軌電車

我夢到每一個街口，都有一個父親

投入父親堆中扭打的背影

每一條街都在抵抗，每一個拐角

都在作證：就在街心

某一個父親的舌頭被拽出來

像拽出一條自行車胎那樣……

我父親死後的全部時間正全速經過那裡

我希望有誰終止這個夢

希望有誰喚醒我

但是沒有，我繼續夢著

就像在一場死人做過的夢裡

夢著他們的人生

一鍬一鍬的土鏟進男子漢敞開的胸膛

從他們身上，土地通過夢擁有新的疆界

一片不再吃人的蠅

從那邊升起好一會兒了

一望到魚鋪子裡閒蕩的大秤

他們就會一齊嚎啕大哭……

我接受了這個夢

我夢到了我應當夢到的

我夢到了夢的命令

就像被夢劫持──

2001

在一場只留給我們的霧裡

1

我們，已無法想像你年輕時的樣子
也許是由於遙遠，已把你變為一種文體

這一點很像你的死
留在高緯度，你的記憶留在布列塔尼
你的過往，正在變成一座建築
我們，就靠在它的任何一點上說：
你的輪子，僅用於搖擺

就像問，很少從你的詞間經過
而總是有理的，只要進入了言說
也就進入了你的音調，它封閉一切方向
除了劫掠節奏，什麼也不給予
只是經過，並直接進入了英語
讓不會累的事物接替你的模仿者
為了真實，或追趕真實

當寫下的，也會溜走
而那是你所不願看到的

你反感被發現

以此留下隱喻中最為次要的：

你的經歷，也磨損著我們

2

文學，已在卓越的論述中走遠了

就像參加一場沒有死人的葬禮

或穿行一段沒有人生的句法

畢竟快，讓可做的不多了

而停，也就是羞辱它

石人隊列的最後一個

便總是新的，我們必須斜眼

才能看到盡頭的先知

如果它曾是暫時的你

那麼現在不了，因為詞語

在被貶低之前，已經變成了別的

而詞義，總是確切的

至少，在兩個音調以上

我們和你相同的，正是陌生的

這是我們僅存的條件

當所有孤兒的臉都那麼相似

在一場只留給我們的霧裡停止張望⋯⋯

2001

從鎖孔窺看一匹女王節的馬

在林木的間距間拉長，或縮短
馬尾在追趕，馬頭脅迫里程

前者以語言為飼料，後者
將以等待所支付的自由被拴住

奔馳，便同時向前同時向後
帶著樹的影子，馬的影子

去補足青銅的影子，權力的影子
從一片鏽的濃霧的觀點看，就是這樣

只有奔馳，還算不上運動
從樹木較高的一側來判斷：

是奔馳造馬，也騙馬
於是嘶鳴大聲說話，於是灰暗勝於統治

如果兩者都聯接了消逝
那麼，消逝便是不可能被教授的

以土地被犁成可理解的樣子起誓：

這些都是一個十一歲男孩的眼睛向我洩露的……

2001

就這麼命令雷聲——不要聲音
不解釋狼，不——又一陣齊射

　　任歷史說謊，任聾子壟斷聽
　　詞語，什麼也不負載

雷聲不是雷聲，無聲是雷聲
不懂——從中爬出最倔強的文化

　　不懂，所以大海廣闊無比
　　不懂，所以四海一家

2003

不對語言悲悼　炮聲是理解的開始

快，更快，叫

鐘停在發誓的一秒
叫邊緣不斷升起，升高

叫過去的每一天都回來，都
換了鎖——年，去年，每年

每個聲部都在叫
叫必是鳳凰的那隻鳥

太晚了叫太早了
用我們的語言叫

大量的未來——叫聲中的又一季
在另一種裝備上叫

叫高唱我們家鄉的人哭
由死者哭，但要由你來唱！

2003

在幾經修改過後的跳海聲中——紀念普拉斯

帶著過水的孩子，雷聲和

詞語間中斷的黎明

一個影子，把日報裁成七份

兩排牙齒，閃耀路燈的光芒

射擊月光，射擊全新的塵土

在海浪最新的口音裡，趕著

凍僵的牧人和沉睡的節奏

血擠進坌，帶著原始音節的殘響：

在祈禱與摧毀之間

詞，選擇摧毀

海面上洶湧一浪高過一浪的牆

街上，站滿實心的人

朝鬱金香砍斷的頸看齊

痛苦，比語言清晰

訣別聲，比告別聲傳得遠

群山每扇確鑿的入口虛掩著

花農女兒闊大的背影關閉了

大海，已由無盡的卵石組成

一種沒有世界的人類在那裡匯合
無帆，無影，毫無波瀾

直到詞內部的聲音傳來
痛苦，永不流逝的痛苦
找到生命猛烈的出口
絕響，將跟隨回聲很久
最純粹的死，已不再返回

2003

維米爾的光

按禪境的比例，一架小秤

稱著光線中的塵埃

以及塵埃中意義過重的重量

粒粒細小的珍珠，經

金色瞳仁姑娘的觸摸

帶來更為細小的光亮

以此提煉數，教數

學會歌──至多晚，至多久

抵達維米爾的光

從未言說，因此是至美

2004

輪上鞭子揮舞

呵，十四行內新爆的磁場
高音區的日子，前進的語法
豎起來的麥子，一畝一畝的雲朵
一起向西死著，邀生命的代表
一批一批，持續投入

呵，馬的抒情日誌──獨白
用縴夫的僵直積累前進的後座力
一層一層的父親們，邀歌手、匕首
從具有麥田氣質的碑文上
斬高過斧頭的美

呵雨，一片十字形的沙漠垂直
呵淚水、重水，公開顯示聖母的等級
呵石油一次性的痛苦，留下
軍事的坑，讚頌的坑，留下為什麼
──那聲開放草原嚎叫中原始性的質問

　　呵，輪上鞭子揮舞

2004

今夜我們播種

鬱金香、末世和接應
而一床一床的麥子只滋養兩個人

今夜一架冰造的鋼琴與金魚普世的沉思同步
而遲鈍的海只知獨自高漲

今夜風聲不止於氣流，今夜平靜
騙不了這裡，今夜教堂的門關上

今夜我們周圍所有的碗全都停止行乞了
所有監視我們的目光全都彼此相遇了

我們的秘密應當在雲朵後面公開歌唱
今夜，基督從你身上抱我

今夜是我們的離婚夜

2004

聽歌聲中的胡楊林

送流淌的雪水
到插滿紅柳的遠方
創造白樺樹的緊張

──我們只要一種玉
也就量出了沙丘的慌亂

從那塊祖母綠的深處
戴著銅帽的雲朵大量升起
在我們的警覺之上

繼續賣著，也就繼續量出
浮冰乞丐般爬行的身影

從七彩雲母的屏風後面
高歌放送，快慰呼應
雪線以上透明的音響

到寬容所能接納的河岸
讓深情的街巷停止哭泣

貝母、知母、酵母

匍匐著，鋪著，綿延著

染料起伏的家園

黑梅、黑李，繼續織進

憐憫，早被地毯磨爛

從已被平原校正過的遠方

馬群奔騰錫箔的閃光

草原，已在此掙脫

在分秒奔走的斜坡上

在光也迅疾逃離的路上

快鞭，脆響，抽那遠

到，直到輸送流沙的鐵鑱

彎曲成枚枚指環，也

就是弓代替鐮

把收穫射向更遠地方的時候了

胡楊林，仍在
曠野那巨大的忍耐之上
替命運說限度，說

遠就是城，遠就是牆
而很遠——拯救我們的虔誠⋯⋯

2005

白沙門

檯球桌對著殘破的雕像，無人

巨型漁網架在斷牆上，無人

自行車鎖在石柱上，無人

柱上的天使已被射倒三個，無人

柏油大海很快湧到這裡，無人

沙灘上還有一匹馬，但是無人

你站到那裡就被多了出來，無人

無人，無人把看守當家園——

2005

紅指甲搜索過後

你的一夜只是半日
一半極黑，一半黑透

朝黑裡翻身，更黑說服全黑
在燭心最黑的時辰

只剩有絲綢，教
我們睡，教我們黑

在黑裡照料黑
人生再次湧起

帶著早已出發的黑
追新一輪的黑

白孔雀的叫聲穿過門廊
──起始就指使黑

黑，日子吼出灰燼的始祖
黑，寬容所有的心

黑，無人走出這一故事

而黑，衝出這整理——

2005

一個父親要去人馬座

造大海孤獨的質量
無人船的重量，駛進

女兒的眼睛──五堆羽毛
蜘蛛，只剩下心

凡高的半隻耳朵，殘月
從光裡開始

獵戶星座的麥田
已接近金星全醒的全景

女兒在每一條河流繼續攔截
我們再見的秘密……

2005

黑暗中，我們彼此識別

我看月亮，就像偷看
「閃電討論什麼？」
「背叛是甜蜜的。」

我已原諒我的平靜

2005

在屋內

在屋內也在氣候裡
你走不出這夜

一滴水一個時辰
你走不出這在：

我在，我不在
屋內只有一個時辰：

盡頭的你是你，你
走不出去，也走不回來

徘徊收取自身的核：
無我，本無我

白燭流出淚的初始：
過程，主沉浮

你走不出這空屋
已視高山為行雲……

2006

你在哪裡

回聲中一個一個的小站

現在，只是一小塊寂靜

還在吸收另一種地理

一如沒有嚮導，黑就完全

沒有另外的地平線

虛無，也流逝

在留下你的死的板結之地

沒有另外的死

在你的女人所受到的震動之上

保持你飛行的姿態

——一種更充分的死

當來自山口的風還在威脅這已死

當死，懼怕假死

懸崖的笑聲留在鏡子深處的黑暗裡

繼續追問粉紅色的臥室

從下一個男人的聲音裡

追問你的女人

問她：你在哪裡

你的迷失處正是他的進入處

從你已無怨的那一邊
在只比人高一點的地方
死亡，繼續投入
所有的世代都在投入
以回答深夜曠野的焦慮：

你在哪裡

2006

思這詞

這思，這充不滿

這意義，這中魔的礦藏

這來自煤層的勢力

深入地層中的血層

從人已被孤立出去的匯合處

只握左手，只剩下坑

思這死，不知如何死

沙內，埋著直立的脊椎

工地墓地，都在它們肩上

工棚下，死亡過於暴露

埋葬者釋放了力量

坑的從前，投入時間的信義

中心，是死前

事件，在緘默中洶湧

在建成之地，在新建的曠野

上面載著歷史，上面沒有人

在它的安全裡

沒有我們的動機

注視它，在注視中

我們部分地得以返還

這，就是郊外荒草的集體誓言

2007

痴呆山上

對著雨，雨滴

和滴雨的磐石般的天空

一個男人牽著一頭奶羊

蹲在石上，一種孤獨

裡面，有大自然安慰人時

那種獨特的淒涼

當礦區隱在一陣很輕的雷聲中

一道清晨的大裂縫

也測到了人

沉默影子中純粹的重量

那埋著古船古鏡的古鎮

也埋著你的家鄉

多好，古墓就這麼對著坡上的風光

多好，惡和它的飢餓還很年輕……

2007

年齡中的又一程

交換我們的記憶

靠我們的問題呼吸

膝蓋轟鳴著

傳遞線的痙攣

傳至你，又從他者傳回

交換我們的沉默

草接著草，深處沒有核兒

本來是空白，在樹漿內

由被檢閱過的寒冷

建立它的冬天

無言、無聲和無關

鼓點是不變的

獨白也是旁白

在變為石頭的接力中

種子些微的重量

擔著全職的黑暗

自痛苦的全集

收藏你，收割我們

重新隔著你，隔離我們

大量的未來

再次奔向文盲的恐懼——

2007

青草

——源頭

聽我們聲音中銅的痛苦

留下山谷一樣的形式

什麼在生活裡

掩埋開闊聽力的金耳朵

什麼走出來

告訴殘酷世界（去掉「的」）垂淚的懸崖

什麼是人，為什麼是人

介入了流浪的山河……

2007

從兩座監獄來

堆積我們的逗留，在鬥以外
土地，我們行為的量具
偶爾認得自由：

石頭被推上山頂
不幸，便處於最低水平

在這低下之內
通過我們被顛倒的勞作
向更低處漂流人

帶著失速的田野，過度地活著
並畏懼於所活過來的
距離，只是丈量的結果

在這報告之外
不多的生活，是生活

2007

在一起（舞臺劇）

想念另一個人是甜蜜的，但在今夜並不。
多久了，我只是為問題而活著，為思念。

我是娜拉，我離家出走，放棄了丈夫，孩子，為了另一個人——一個男人，或者是為了我自己——我的自由。在今夜，我到達這裡，對著星星介紹我自己，我叫娜拉。

對，我是娜拉，或者說我還是娜拉，我是具體的，我活在世界的一角，我做過各種工作，速記員、人體模特、秘書、編輯、經理，我趕上了一個大潮，我已變得富有，我已足夠，像我的問題一樣足夠了。我還在選擇，為了我還在生活，為了生活，而不是答案。我還在提問，問自己。
我已不再年輕，而問題永遠年輕：什麼是愛情？

獨立，不依賴男人，甚至不依賴自己的錢，如果我已足夠。
我聽音樂、看戲、散步、冥想，我已不必擠車上班，我可以有錢幫助他人了。但我還是要問，我自足嗎？

我是在聖誕之夜出走的，就在昨夜。也許我出走才
一天，也許我已出走了一百年，也許我離開我的丈
夫，不是因為尋找情人，卻正是因為我有了情人。

一站一站的，我走到今天，我有過丈夫，我有過情
人，但我不容男人塑造，我拒絕，我拒絕，所以我
自由。
我已不再年輕，而問題永遠年輕，什麼是愛情？

家是什麼？只是兩個人合在一起的寂寞嗎？

在八年的婚姻中，我們早已沒有了對話。
那麼，在我們分開之後，對話才能開始嗎？
那麼現在，我對自己說的話，你能夠聽到了嗎？

親愛的，你知道。你知道，所以你偽裝，偽裝你可以
控制。你知道，我知道，我必須出走，當控制永存。
我必須這樣告訴你，我們誰折射誰？我們誰強暴
誰？我們誰生育誰？
我必須這樣告訴你，我不喜歡雄獅，它們太像男人。
我必須這樣告訴你，我有一個理想，它不是夢。

我信，我不信，我必須這樣告訴你。

也許，出了門我就自由，當門離我很近，而我離我
很遠。所以，我並沒有找到門。
但是我不能不離開，就在這冬夜裡，一個凍僵的女
人，接受來自星群的撫摸，絕望並不存在。直到我
的手，碎成一堆鳥的小骨頭，讓我繼續用它們祈禱
──幸福是奇蹟。
不許叫我小鳥，我飛進婚姻，又飛出婚姻。
我是不唱歌的鳥，因為我只知說話。現在，我正對
你說話。

我離家，我尋找。我思考，也就是在我疼的地方
縫著。
縫著，為了癒合；縫著，為了疼──一刻不停。

我不後悔，我疼。
我理解愛情，我疼。
今夜，在我的孤獨之內，
一個女人昂起她的頭。
今夜沒有雪，只有泥濘。

今夜下著雨，雨也就參與打擊。
呵，今夜我從深淵中望著我自己。
今夜，男人從我身上得到碎片。

今夜，我的周圍全是河流，縱橫流動，
曾映出過母親面容的河水流去，河面上飄著孩子們
的奶瓶……

走，走著，走向，走進，走出，走過，走去，走在
走在超級城市提供的幻象中，
呵，它的冷漠也已經讓我厭倦。

走了一百年，今夜我累了，
我累了但我不想返回故事——過去的故事，向前的
故事。

呵，今夜，今夜要多長就有多長。

今夜有那麼多母親向我聚集，可我並不理解人世。
從一滴像游泳池那麼大的淚裡，我應當辨認聖母。

愛從不庇護，風不能代替搖籃，

今夜星星提前出現，說：

愛是最高的，說：愛，只是詞語的自由。

我承受得了我自己。

我不作為弱者要求平等。

我不自憐，也不配憐憫他人。

我曾呼救，但是沒有人聽到。能聽到的只是寂靜……

等待，等待黎明，等待群星散去，等待平靜。平

靜，像潮水一樣湧來，湧來然後退去，然後，我希

望我被顯露，露出一個更為真實的我——比裸露還

要隱蔽！

我在問：什麼是愛情？愛讓我們自由嗎？

天已放晴，我聽到每個聲音在彙集它們的自述，

我——雙重影子的二重唱：

重新認識痛苦，

重新痛苦，

痛苦修復痛苦，

我不影響世界，我影響灰燼。

默念心頭剛剛甦醒的東西，

我在掛滿時鐘的屋子裡漫步，

我支持不了了。

死亡是另一層次的事情，

我觸到它，我返回，但我帶不回自己，

我是你們的，我的孩子們，我的星星們，

覺醒的事物已和我埋在一起……

一生的事情都放下了，籃子空了，

被撕裂的事物跟上來了，當我必須理解痛苦

──孤身意味著什麼？

──母親意味著什麼？

無助，讓黑夜保持完整，

無助，讓我保持完整。

在這毀壞裡，深淵完整如初了。

有思想的女人是危險的──所有的道路都在朝我

吶喊。

說不出來，是真實的就說不出來。
無須說，無須回答，無法回答。
毀滅跟得很緊，我過不去了……

我怕，我是那樣怕，
但，因懼怕，我的愛變得更大……

學會逗留，就那麼一小會兒，
讓那麼一小會兒充滿愛，
愛，是學習，
生命，是一小會兒，
黑夜，是教室
容我從容召喚——
新的一天，新的傷口，新的門廊，
新的——愛，新的……

女人要對自由貞潔。
我創造語言，我安撫自己。
我已體嚐快樂的毒素。

呵，新的折磨，新的孤寂，新的門廊，
呵，這樣想，黑夜就專門為我而降臨。

哪兒來的叫聲，夜鳥的叫聲：
「無辜，無辜，無辜」
誰也不怨，不怨自己，
這樣想，母性大地就變得非常寬廣，
鳥的叫聲已連成一片——無辜，無辜，無辜……

從未在光裡，一直在光速中，
我實際上是從彼岸回來的，
我，就還是女人，還是母親，
我，還要過有尊嚴的生活。
舞臺還是那麼廣闊，也就還在要我作
女民工，女侍者，也作女歌手……

無論我走到哪裡，我的問題都是娜拉的問題。
我體驗得越多，娜拉——在我身上就越固定。
娜拉不會終結。
娜拉就是呼吸的意思。
女人不應該忘記娜拉。

沒有問題的生活就是死亡。

娜拉就是問題的意思。

提問就是追問自由。

我在掛滿時鐘的屋裡漫步，

不出聲，它們不出聲。它們不出聲，也不安寧。

但讓尺度暫時離開我一會兒吧！

當無助是集體的事，

當我，當我們，當我們彼此已在理解中聾了，

當公路上，所有的汽車也體現著同樣的遲疑，

什麼叫我歌唱？

窒息教我呼吸，而什麼教我歌唱？

──讓必見的光識別我！

從它最善歌唱的那一面，保持我的緘默，

緘默釋放出洪水，角色崩潰了，

你，你們，姐妹們，已在舞臺上等我⋯⋯

2007

通往博爾赫斯書店

活生生的街道，你的地址

是波濤流經的城市

只拒絕已逝的事物

當這些餐館，茶樓，挑選

另外的人群，另外的死，另外的……

神話，從不更新

時間，便從一只似曾相識的大盆裡

溢出，教路人

不看髒水，注意悲哀：

所有的進入，都是誤入

誤入以外，沒有進入

路嗅出這些，於是漸寬……

2008

詩歌的創造力

人生中的一個點——這無中生有，怎樣被激起？怎
樣地先是圖像，在進入語言之後，才向意識發問：
它從何處來？為何而來？
瞬間就被擊中，那速力，那效力，那不可言說的進
入了言說，並降至可理解的水平：
只不過是觸及。
從閱讀，也從半空，從高處，遠處，觸及那邊，那
裡，它穿透過來，又穿透過去。
觸及，被記憶：在那裡。
當那裡就是這裡，而這裡在他處。

在界限的消逝處，
你已辨認了那個什麼。

直視太陽，從照亮太陽的方向，確認它，然後由它
合併你，直至一瞬被充滿。那個瞬間，拒絕進入後
來的時間。

你，已在一個位置上。創造者的角色已被移入，當
揭露者正用發現的狂喜慶祝自己，一個聲音傳來：
「這世界上所有的詩行都是同一隻手寫出來的！」

從那個點，你的點，從你也折射的那道光，已在多麼
細密的刻度上留下傳達者、搬運者、傳遞者的投影。

這來自靈魂地帶的共同出場，正從舞臺後面湊近你。
那從未說出和再也說不出來的，又一次在此等候。

讓理論擱淺在這邊，討論它。
從等待——那功夫，被動者得其詞。

受永久缺憾之托，這寫下的片段，已吻合了語言的
限度。一如這不可明晰，亦受其大之限。
當所傳之聲斷續，以此循環它自己，若我們能直接
說出，無異於只是說出呼吸。

不存在選擇。
在我們陳述時，最富詩意的東西已經逃逸，剩下的
是詞語。狩獵者死在它們身上，狼用終生嚎叫。詞
從未在我們手中，我們抓住輪廓，死後變為知識。

為此我們說遠。
接下降的土，我們說高。

當遠從高處照射，我們說距離。當黑已至深。

至多深，露出土地表面？

至多遠，觸及深之短處？

至多久，短，以度那長？

至多黑，船的猶豫被照亮？

失語者和出格之語者已在那邊應和：

至多高？抵達無聲？

物自言，空白自言，合一的，透過去了，留下詩

行，看似足迹。以此保持對生活最持久的辨認。

保持什麼？

金色麥粒從我們指縫中流出。

跟上這流動──這流逝，禮物到達應許之地，跟上

這流動──這安頓，流動已知它並非向前。

從這無法迴避，無法迂迴，撞回來詩歌。思，加入

進來，放大它。

碑上紋理縱橫，空無已是多麼巨大的顯示：

完全不講道理，擴大道理，

在蘊含著時光的迷失裡，無邊本身就是藏匿。

去那裡，先人併入先人，現在是空缺，缺少當下。

終點，再次變成困惑的開始：無法不思。追問就跟

得更緊，斷裂，也就是邏輯。

材料就這麼光滑，枝杈產生歧義。

夢改了道，逆向的是雙向的，道路朝隊伍迎面開

來，我們已在回答中聾了，隨雷霆的消失，我們將

聾的更為徹底。

帶著禮物───一副陌生客人的睫毛，一個大指甲殼

的反光，要求傾聽者改變閱讀的方向。我們從落差

中歸來，追悼加上了呼喚。

在詞的熱度之內，年代被攪拌，而每一行，都要求

知道它們來自哪一個父親。歌聲成了問題，思越過

最弱的一拍───大疑變為瑣碎的追問。

全部都是回聲，且不斷迴響。

而希望如此簡潔，守著心靈的曆法，要求絕對的引

導者，把從未體驗過的愛接過來，接上人，接著

你，當你的，我的都決定你們——我們。

在哀歌絕無停止之處，這就是經歷，這也是經驗。

寫作就是行動。

從突圍、逃亡，幸存這些富有脂肪的概念裡，我們沒有做什麼，我們空著手，從橫放的鉛筆堆上走過。

而歌聲向外探索的弧形變得尖銳了。

沒有目的，並不盲目，老人類就這麼歌唱——

2008

死胡楊林，哀悼的示範林

深沉大地的嗓音說完它的回聲
一個安靜的代表，隨水所流的
所知的，既考察了太多的心
就只把流動當證詞
光，便像碎了一樣朝我們湧來

在哀悼者的老地方
更強的，是已逝的
深處，也正是痛處
所有的力，承受著自己
在這仍是語言所在之地
要我們把掩面當歌唱

唱著，我們就流回來，流進
這起始的洪荒和重新開始的洪荒
只在這一點歌唱
沒有持久的地獄
只歌唱這一點
墓地開始像階梯
從這缺失的當下

從我們最根本的痛處

讓人走出來，重新走出來——

2009

獻給萌萌的輓歌

1

在詩歌的墓園內辨認古典黃昏的影子

對著你們，那溫暖的一排

大海，湧來它的當下

先行者，返回遠古

一年中最後的聲音

來自形如面具的大地

為了那可能的對話

合唱隊的雕像，只剩下肩膀

雲中的送葬者，已經過巔峰

我們悲哀的國家林木站在尺度裡

分享理想國久遠的灰燼

一個民族的碑林把我們撞回來

聽流逝已檢討得多麼響亮

當你正唱出無聲所在的地方

2

在這合唱式的靜默裡

遠方的城市沉入斷句

多了遛狗人陰沉的臉色

少了悲劇作者手中的石料

我們廣大的石化樹林全力內省

整整一個樂章空著

孤寂，已是家園的圍牆

沒有另外的材料

等待，就是閱盡

最末的幾頁空著

白色天空孤獨把石膏塑造

最初的一頁尚未翻到

大理石望著詩人們

他們在穿黑衣人的周圍摘你星形的心

3

當夢中的起立者，那片碑林

凝望另外地點的時候

在強力音樂的靜默裡

沉思，已是多長的午夜

寂靜，已是另一種收藏

討論，已是另一種風另一種雨

過去，洶湧而沉寂

再次變為無人而又低語的地方

那時，靜默也就是記憶的

節拍、語法、邏輯

已擴展到我們地理的一切紋理

且不會不經詞語而直接流逝

晚禱，就又對先人開始

你的名字，開始向外說出

4

在足夠的語言裡交換我們的沉默

一陣低地低氣壓裡的低語聲

還給我們原駐地的沉寂

那修辭捨棄的居所

此刻正是記憶，此刻正是遺忘

離開道路的人，已經到家了

鉛，已沉入荷塘

警衛站在暗處

整日的光都從那裡出去了

姐妹的臉，迎著碎石

看大麗花怎樣翻過圍牆

為無言增長才華

以此拒絕更為雄辯的打此經過

你家門前的空地就更為空洞

5

從從未帶來的地點

把久遠的靜默傳遞回來

讓遞增的回聲漸弱又漸強

等待，已是好幾個詞

我們的一生，已是同一個傍晚

那時，沉默也就是顯示：

沉默間，距離最短

我們銜接著

姐妹們——向前的白樺林

在此在中生命受到的震動

我們的震驚，就是它的強度

它知結束從何時開始

你離去，為保持它

6

從沉默這一專注的等待

無語，已被充滿，充盈

這擁有，空無，有了面貌

帶著我們的出發

所綿延的另一原野

鐘面，剛好透出東方的一半

另外的閱讀開始了

讀那消耗不動的

變遷，就更加確定

深度，仍在那裡洶湧

注滿它，然後投入它

在最適合沉默的地點

在為愛而築就的方形的沉寂裡

在你已獨占西風的窗口

7

在這被放大的清晰所遮蔽之地
把量過的光端進屋裡
思者的氣息還在

午夜，已是沒有鄰人的時刻
無言，完成它所洞悉的
失語，也就是對無為最強烈的表達
那時，為母女人的目光深且遠

在最富於人生的那段
空闊，如孩子的記憶
家，如此廣大，如最後的門
一望無際，冥想者已不能動了
你，已在必須之上量出另一種呼吸

那時，寂靜震耳欲聾
那裡，你已被聽見

8

就這樣重新沉默到一起

心，已是另一種天氣

所有的高處都是平等的

所有的抵達者都已淹沒了終點

不息，是它的頂點

也就是對一個源頭

最初的辨認和反復的書寫

在可容納其廣闊的沉寂裡

語言，把呼吸交換出去

消逝，也消逝到它的記憶裡

那遙遠的此在

在已被配器的寧靜裡

不斷上升，持久給予

滿帆的空無鼓漲起逝者所有的表情

2009

大蛇的消逝

1

我在桌前注視一幅複調的流程圖

一如這引力，陰性河流
在兄弟形狀的石塊間穿行
不斷恢復心理，不斷流出平原
既飽蘸筆墨，又聚散弦管

一瞥麥田間拖迤的一條粗大的髮辮

一種疼痛，就會從青銅擴散出來
在隱士的沉默中
朝無限凝神：一道專注的裂縫

淒涼大道，古裝人群
帶著冥世的黑白天空
並聯梯形閃電，接引如弓身姿
一死再死，為了那一躍

大風碑上，表情正是時光

2

我繼續注視這道黑色的筆體
從流程圖底層釋放的低頻
穿越碑文表面的喧囂
和裂縫深處的沉寂

留下這大靜中的大疑

當無言無底，在此又在彼
就像在可容納河流的鏡子裡
心靈，不識自己

於是在屋內，我感到風速

我急於起身，去仰望星空
這以生相許的文本
怎樣讓完整的風景得以隱身
當憂鬱走廊裡的孩子們
指著石像，也指著你

3

在這意會與言傳間的另一地帶

一個存留回聲的頭，你的頭
早已適應盔的抽搐
裡面沒有大腦，或只有大腦
一次， 虛無就稱足了重量

縮小，就也可以是無限的

在這血與書間的野蠻地帶
你不看我，已認出了我
在這囈語怡然集結之地
你認出了我的類
在看似神蹟模糊的地點

人類的棍子已在揮舞

為誘迫偽裝斑斕謎語的頸子豎起
道出最具攻擊性的嘆息：
除了神話，全是虛構

歷史，便像地毯那樣地捲起了一刻

4

一具無可比擬的口腔張開了

你的臉上滾動著一個蘋果型的惡

在撕扯你的頭時

一種怪笑，變為獰笑

似被一種綜合所歪曲

以適應邏輯的強橫：

遺言，必須無聲

一座橋弓了起來，徵兆

粉碎奇詞，影子大於廟宇

你，已纏在一輛兒童車上

隨即掛了下來，掛著

那可離形而立的東西

一縷青煙，幾條線索

嗅到的，只有氣息了
一種霧狀的活著的存在彌散
混沌草原深處婚姻最初的聯盟

批評，已再無另外的畫卷

5
光和它的筏從圖上划遠了
一個個少年走了過去，還原為
洪水，石壁，昨天的臉
一如這地質，身世，殘篇
僅留下隨筆式的蜿蜒

那時，我聽到叢林的伴唱
比蛇的嘆息還要輕
我信你仍在學院深處移走
從它的銳角，它的規模
所不容的那一點
荷塘，如獨眼大星
瞥見悲哀以外的雲海

月光如最初的水，最終的水

一些流動的片段，也恰如旋律
還鳴響著，已融入風景
揭露，便契合了緊閉
以便與你的到來相符

隨即，屏蔽恢復原貌……

2009

第五輯

2010年代

存於詞裡

為絕塵，因埋骨處
無人，詞拒絕無詞
棄詞，量出回聲：

這身世的壓力場

從流動的永逝
成長為無時
無時和永續
沒有共同的詞

我們沒有，他們沒有
沒有另外的寓言⋯⋯

2010

在它以內

埋你的詞，把你的死
也增加進來
微小到不再是種子

活在碗裡
不平，而沒有波瀾

人的無疆期待
便如排列起來的墓碑
可以穿行整整一個國家……

2010

在無詞地帶喝血

說歷史所不說的
這聽不到，沒有前額

這多聲部式的沉寂
合唱隊式的無詞
唱的是生

無詞，無語，無垠

說的是詞，詞
之殘骸，說的是一切

2010

還在那裡

在它以內，你翻轉詞

翻出來的是土壤

裡面，有死者歸來的故事：

還有土，沒有地

是買命令賣

在這已被拆空之地

沒有光，有迎面而來的血

死者，還在等待

與寬恕接壤……

2010

從一本書走出來

礦工的眼亮如燈盞
沒有另外的深處
深淵裡的詞向外照亮：
哀悼處，並無深處
櫻桃地裡的燈全亮了
那裡的人，已被一一碼齊

在他們一直所在之地
從它的嘴裡爬出來
死者開始呼吸：
深處，是我們的……

枕著他們，你就能重寫

2010

北方的墓地

在我們來去的路上
帶著祖先的塵埃，聽
家鄉在一個遙遠的地方擂鼓
畏懼，起始便侵占了年華

我們已不知雷為何而響

沉思，撐著石人的頭
船夫，守住腳背上的血管
完整的，全被河流帶走了
到某處去決堤，到壩的干預處

北方的墓地，便如潮水般湧來

在這洪水復誦之際
眺望我們如帆的文字
默念心頭不再拂動的
也正是與其合拍的時候

遺忘，已是同一條河流

在這向道的黃昏

隨水流所補齊的，帶走的

沿典範的軸搜索源頭的鼓手

也就仍被流進石頭裡的力量舉動

找卸下的輪子間隱藏的里程

2010

沉默的山谷裡埋著行動者

兩次希望之間的高原

再次被修復為無言

有人還在流淚，但不是哭

死人的重量減輕了

以確認這無言

沉默的歲月裡沒有羔羊

鴿子就此飛出血巢

悼文中的世界

從人的痕迹中隱去

接生者的徘徊仍在投影

讓臍帶內的談話繼續

命運，就在這說出裡──

2011

讀偉大詩篇

這童話與神話間的對峙

悲涼，總比照耀先到

頂點總會完美塌陷

墓石望得最遠

所有的低處，都曾是頂點

從能夠聽懂的深淵

傳回的，只是他者的沉默

高處仍在低處

愛，在最低處

讓沉思與沉默間的對話繼續

2011

父親

站在越來越亮的光裡揮手

希望我，別再夢到他

我卻總是望到那個大坡

像被馬拖走的一個下顎那麼平靜

用小聲的說話聲

趕開死人臉上的蒼蠅

我從未如此害怕

我知道，太陽一經升起

這些臉就會變黑

我不敢害怕

從一根繩子的長度

無限的星光馳遠了

父親，你已脫離了近處

我仍戴著馬的面具

在河邊飲血……

父親，惡夢是夢

父親，惡夢不是夢

2011

博爾赫斯

每個先知的墓前圍著一堆聾子

人群繞不過他

一如自身的合攏

喧囂之後還是喧囂

眾人，即無夢

而他，是我們的症候

對著擁擠的空白，謎

和它強烈的四壁

他的死，早已通過更細的縫隙：

海，不是大量的水

是人群吞吃人

他無眼，而他是我們的視力

2011

我在沉默者面前喝水

我喝最輕的，一句話
一段生命，不屬於

不呼喊，也不低語
我在最低處

挪動詞，我因挪動
而擁有廣大身世

大大小小的盆盛著雨聲
把我的沉默也喝下去

我跪在無心的地點
無人處，已無羞愧

無人已是守護

2011

從可能聽到寂靜的金耳朵

青草—枯草
兩個詞

守著野草窩裡
五根母親的銅腳趾

我所有的詞
壓在這裡，我所有的家

已在此匯合……

2011

詞語風景，不為觀看

一片葉子壓於胸下，勉強成為世界
為了一口純潔的空氣
而過於純潔，彷彿就是人間的罪

全景不作什麼，清晰處並無晨曦
大地不說自身的事，亂星才說
一切皆成瑣事，而自由無瑣事
它抽走語言中最富有的部分
供孩子們捕捉天黑以後的事物

寂寞是糧食，你不可能不在場
當昂貴的紙不留痕迹
上面沒有字，沒有你
磨不掉的，才是新的
最真實的，才值得被埋葬

死後，大概也是如此
毀滅不知疲倦，他們
已經在用銅鑄你

寬慰警醒著，在世代中

隔壁的嬰兒馬上又要哭了……

2012

到來

向著黑下去的屋脊
看那像燈又像眼的是什麼
檐下，一缸水已被注滿
天氣，已翻過圍牆
空氣，沒有受到震動
彷彿純粹來自時日
對時日的擠壓
這是沒有預感的時刻

在足夠的靜默裡
與必黑的事物一起
門後，沒有任何故事
我沒有偷窺
花，急速開放

萬物沒有迴避

2012

代跋　北京地下詩歌（1970－1978）

多多

　　常常，我在菸攤上看到「大英雄」牌香菸時，會有一種衝動：我所經歷的一個時代的精英已被埋入歷史，倒是一些孱弱者在今日飛上天空。因此，我除了把那個時代敘述出來，別無他法。

　　一九七○年初冬是北京青年精神上的一個早春。兩本最時髦的書《麥田裡的守望者》、《帶星星的火車票》向北京青年吹來一股新風。隨即，一批黃皮書傳遍北京：《娘子谷及其他》、貝克斯特的《椅子》、薩特的《厭惡及其他》等，畢汝協的小說《九級浪》、甘恢理的小說《當芙蓉花重新開放的時候》以及郭路生的《相信未來》。

　　郭路生的名字就與北京老四屆中學生中的第一位詩人聯繫到一起。初次讀到郭路生詩時我的感情是冷漠的。像任何一位中學生一樣我不喜愛詩歌。直到自己成為創作者後，才開始對郭路生的詩有了認識，並伴隨著歲月的流逝和眾多青年詩人的出現而增加新的意義。在我看來，就郭路生早期抒情詩的純淨程度上來看，至今尚無他人能與之相比。我初次見到他已是一九七四年冬的事，那時他已精神崩潰。就我記憶所及，郭路

生是自朱湘自殺以來所有詩人中唯一瘋狂了的詩人，也是七十年代以來為新詩歌運動伏在地上的第一人。芒克、岳重（即根子）和我相識於一九六四年，我們都十三歲，共同考入北京三中，分在初一（七）班。一九六〇年初共赴河北白洋淀插隊。在上初中二年級時岳重的一篇作文曾刊登在《北京晚報》，第一句是：「八月，當鮮紅的棗兒掛滿枝頭的時候……」一九六八年初我和岳重曾寫過一點古體詩。記得在紀念毛主席生辰七十三週年時他提筆作賦：「一八九三年，紅日出韶山，春秋七十四，光焰遍人間。」一九六八年晚秋為同學古為明插隊作賦〈卜算子〉：「為明赴蒙古，毅登康莊路，北疆霜寒凍硬，程遠雄心固。」除此，我們三人未見誰有過動詩的妄念。

　　一九七一年夏季的某一天對我來說可能是個重要的日子。芒克拿來一首詩，岳重的反應令我大吃一驚：「那暴風雪藍色的火焰……」他複誦著芒克的一句詩，像吃了什麼甜東西。顯然，我對詩和岳重之間發生的重大關係一點預感也沒有。我那時的筆記本上是隆美爾的《戰時日記》和加羅諦的《人的遠景》。一九七二年春節前夕，岳重把他生命受到的頭一次震動帶給我：〈三月與末日〉，我記得我是坐在馬桶上反覆看了好幾遍，不但不解其文，反而感到這首詩深深地侵犯了我──我對它有氣！我想我說我不知詩為何物恰恰是我對自己的詩品觀念的一種隱瞞：詩，不應當是這樣寫的。在於岳重的詩與我在此之前讀過的一切詩都不一樣（我已讀過艾青，並認為他是中國白話文以來第一詩人），因此我判岳重的詩為：這不是詩。如同對郭路生一樣，也是隨著時間我才越來越感到其獰厲的內

心世界，詩品是非人的，十四年後我總結岳重的形象：「叼著腐肉在天空炫耀。」繼〈三月與末日〉之後，岳重一氣呵成，又作出八首長詩。其中有〈白洋淀〉、〈橘紅色的霧〉，還有〈深淵上的橋〉（當時我認為此首最好，現在岳重也認可這首），遺憾的是，至今我僅發現岳重三首詩，其餘全部遺失。

　　一九七二年夏天在北京國務院宿舍、鐵道部宿舍有了一個小小的文化沙龍。以徐浩淵為促進者或沙龍主持人。她是人大附中老高一學生，「文化革命」中的紅人，老紅衛兵的代表，因寫〈滿江紅〉一詩影射江青而遭入獄兩年。出獄後積極介紹西方文化。有幸我和岳重作為歌者而參與這個沙龍。其中多是畫家、詩人。音樂家岳重立即成為沙龍的中心人物——他是個馬上就要被中央樂團錄取的男低聲（現在仍在其位）。我是一個永恆地唱不上高音的男高音。我們聚在一起唱歌、看畫展、交流圖書、過生日、出遊……其時，岳重作為詩人還不為人所知。當時，沙龍中有位自郭路生以來最響亮的名字：依群。

　　依群，北京五中高三學生。不但寫詩還寫電影劇本，他為之轟動的力作為〈紀念巴黎公社一百週年〉、〈長安街〉、〈你好，哀愁〉等（發表在《今天》雜誌）。依群最初的作品已與郭路生有其形式上的根本不同，帶有濃厚的象徵主義味道。郭路生的老師是賀敬之，其作品還有其講究詞藻的特點。而依群的詩中更重意象，所受影響主要來自歐洲，語言更為凝練。可以說依群是形式革命的第一人。

　　很快，岳重的詩就被介紹到沙龍中。徐浩淵立即斷言：「岳重為詩霸，岳重寫了詩沒有人再可與之匹敵。」由此一九

七二年下半年沙龍處於岳重光輝的籠罩之下。依群漸漸消逝。沙龍中還有畫家彭剛、潭小春、魯燕生、魯雙芹，也都有詩作，潭小春有一句為：「……你的紅頭巾凝固在天際……」彭剛則是繼董沙貝、周漫遊等畫家以來第一位現代畫家，其時剛十七歲，即以其野蠻的力量震撼沙龍。他是個天才，後考上北京大學化學系，現在美國。

同樣，岳重肯定是個天才。其父為北京電影製片廠編劇，家中有四千冊藏書。十五歲上他即把《人・歲月・生活》、《往上爬》等黃皮書閱盡。這是他早熟的條件。十九歲即寫出〈三月與末日〉等八首長詩，此後一歇就是十五年。他的經歷是神童式的：中學數學補考；笛子拿來就會吹；畫的漫畫讓每個被醜化的人都開心之至；以至無師自通，在白洋淀站在船頭高歌幾聲就進了中央樂團。青年時代我倆形影不離，如果沒有岳重的詩（或著說沒有我對他詩的恨），我是不會去寫詩的。

一九七二年六月十九日，送友人去北京站回家路上我得句：「窗戶像眼睛一樣張開了」，自此，我開始動筆，於一九七二年底拿出第一冊詩集。徐浩淵在我完成前聞訊對我說：「聽說你在『攢詩』，讓我看看。」這不但是她一人所見，在於我一直對思想感興趣。因此，彭剛的反應是：你寫的詩比你講得好——你講的都太對！依群的反應和岳重差不多，曖昧和不服氣，但我自大狂式的雄心顯然感染了他。他希望我能把詩寫得樸素，感情要貨真價實。同時對中國文化的命運表示憂慮——這是依群洗手不幹的一個解釋。

一九七三年夏到來之際，岳重遭到厄運。社會上傳抄的他的詩被送到了公安局。後經中國文學研究所鑑定無大害，才算了事。從此，岳重擱筆。到一九七三年底時我第一冊詩集贏得不少青年詩人的讚譽。岳重給我留過一個條子：別再揣著你的詩集四處索取榮譽了！由於政治壓力，沙龍已經解體。詩歌傳抄範圍更為擴大。我和芒克的詩歌友誼自那年開始，相約每年年底：我們像交換決鬥的手槍一樣，交換一冊詩集。

也是從那年開始，我抄下芒克最初的詩句：

「忽然，希望變成淚水掉在地上
　　又怎能料想明天沒有悲傷？」
「偉大的土地呵，你激起了我的激情」

芒克是個自然詩人，我們十六歲同乘一輛馬車來到白洋淀。白洋淀是個藏龍臥虎之地，歷來有強悍人性之稱，我在那裡度過六年，岳重三年，芒克七年，我們沒有預料到這是一個搖籃。當時白洋淀還有不少寫詩的人，如宋海泉、方含。以後北島、江河、甘鐵生等許多詩人也都前往那裡遊歷。芒克正是這個大自然之子，打球、打架、流浪，他詩中的「我」是從不穿衣服的、肉感的、野性的，他所要表達的不是結論而是迷失。迷惘的效應是最經久的，立論只在藝術之外進行支配。芒克的生命力是最令人欣慰的，從不讀書但讀報紙，靠心來歌唱。如果從近期看到芒克詩中產生了「思想」，那一點也不足怪：芒克是我們中學的數學課代表。

　　一九七三年以後的詩人就多了。史保嘉、馬佳、楊燁、魯燕生、彭剛、魯雙芹、嚴力等等。期間我還見到了更老一位的牟敦白，他和甘恢理、張朗朗一代，屬於從六十年代就開始藝術活動的。也有畫家周漫遊、董沙貝等等。關於那一代人我接觸有限，但他們剛好是生不逢時，在最有創造力的年齡趕上「文革」。十年過去，他們已不再提筆。

　　一九七三年我讀到了史保嘉的舊體詩，覺其天賦很高，可惜沒有筆錄，現將手上僅有的其他人的散段抄錄：

　　馬佳：

　　＊只要

　　　你學會

　　　從姑娘的嘴唇上索取諾言

　　　你

　　　便可以和愛情

　　　走遍天下……

　　＊我的詩歌沒有旗幟

　　　發出一道

　　　比少女的胸脯

　　　還要赤裸裸的

　　　太陽光。

＊我像秋天的野果

　那樣沉重

　我具備了十月的一切、一切……

＊除了酒

　還是酒

　二十歲以前

　天天都過節日

魯雙芹（女）：

　＊生活並不卑賤

　　然而對於過去，我們連一分鐘也不是聖潔的

　＊我的生命像塊被開墾的土地

　　拿去吧，走開吧，我再也無話可說……

魯燕生：

　＊一切

　　都那樣平庸

　　那樣合理

　　那樣不能讓我容忍

沿著看不見的道路

我走著，走著

隱約地

我感到了

淡淡的怡人的悲哀……

彭剛：

＊一見陽光

我的心就融化了

舒舒服服地

淌得遍地都是

呵！

爸爸

媽媽

我像個孩子一樣地

走著，走著

把我的一切都拋棄了……

楊煒：

＊英國式的褲線和氣概

我是一位標致的有香氣的男子

我的歌聲曾來自柵欄的後邊……

一九七四年底，我拿出第三冊詩集，芒克準時同我交換了。芒克與彭剛，組織了最早的「先鋒派」，拉我參加。一共只有他們兩個人，維持了大約兩個月。除此北京不再有沙龍或文藝組織，除了一些分散的小圈子。我和北島、江河早在一九七〇年冬便見過面。當時我和北島是作為男高音互相介紹的，後他與芒克交往密切，還專程去白洋淀會芒克。以後一直到一九七八年為止，我沒有再見過北島。就我記憶所及，北島的第一首詩是〈金色的小號〉。後來我與江河、宮繼隨有過一個三人遊戲的小圈子，常常徹夜交談。可以說，從一九七三年後，北京青年較有規模的詩歌活動已告結束。關於一九七〇至一九七八年當中紛亂的詩歌現象，我接觸的只是很少的一部分，也僅為很有限的詩人的見證者，但我們是一代人。我想具有密切的類似血緣關係的莫過於我與芒克、岳重了。從十三歲結識，近二十五年過去，我們之間的友誼、糾紛、對峙使我們在眾多的詩歌星系中，仍是最相近的。我欣慰地看到：芒克近期達到高峰的成熟期的詩作，也認為岳重隨時都會再次崛起。

一九七八年，《今天》問世。

語言文學類　PG1000　中國當代詩典　第一輯 01

依舊是
——多多詩選

作　　者／多　多
主　　編／楊小濱
責任編輯／鄭伊庭
圖文排版／陳姿廷
封面設計／陳佩蓉

發 行 人／宋政坤
法律顧問／毛國樑　律師
印製出版／秀威資訊科技股份有限公司
　　　　　114台北市內湖區瑞光路76巷65號1樓
　　　　　電話：+886-2-2796-3638　傳真：+886-2-2796-1377
　　　　　http://www.showwe.com.tw
劃撥帳號／19563868　戶名：秀威資訊科技股份有限公司
　　　　　讀者服務信箱：service@showwe.com.tw
展售門市／國家書店（松江門市）
　　　　　104台北市中山區松江路209號1樓
　　　　　電話：+886-2-2518-0207　傳真：+886-2-2518-0778
網路訂購／秀威網路書店：http://www.bodbooks.com.tw
　　　　　國家網路書店：http://www.govbooks.com.tw
圖書經銷／紅螞蟻圖書有限公司
　　　　　台北市114內湖區舊宗路2段121巷19號（紅螞蟻資訊大樓）
　　　　　電話：+886-2-2795-3656　傳真：+886-2-2795-4100

2013年9月　BOD一版
定價：320元
ISBN　978-986-326-163-6
ISBN　978-986-326-178-0（全套：平裝）

國家圖書館出版品預行編目

依舊是 : 多多詩選 / 多多著. -- 一版. -- 臺北市 : 秀威
資訊科技, 2013. 09
　　面 ；　公分. -- (中國當代詩典. 第一輯 ; 1)
　BOD版
　ISBN 978-986-326-163-6 (平裝)

851.486　　　　　　　　　　　　102015875

讀者回函卡

感謝您購買本書，為提升服務品質，請填妥以下資料，將讀者回函卡直接寄回或傳真本公司，收到您的寶貴意見後，我們會收藏記錄及檢討，謝謝！
如您需要了解本公司最新出版書目、購書優惠或企劃活動，歡迎您上網查詢或下載相關資料：http:// www.showwe.com.tw

您購買的書名：＿＿＿＿＿＿＿＿＿＿＿＿＿＿＿＿＿＿＿＿＿＿＿＿

出生日期：＿＿＿＿＿＿年＿＿＿＿＿＿月＿＿＿＿＿＿日

學歷：□高中 (含) 以下　　□大專　　□研究所 (含) 以上

職業：□製造業　□金融業　□資訊業　□軍警　□傳播業　□自由業
　　　□服務業　□公務員　□教職　　□學生　□家管　　□其它＿＿＿＿

購書地點：□網路書店　□實體書店　□書展　□郵購　□贈閱　□其他

您從何得知本書的消息？

　□網路書店　□實體書店　□網路搜尋　□電子報　□書訊　□雜誌
　□傳播媒體　□親友推薦　□網站推薦　□部落格　□其他＿＿＿＿＿＿

您對本書的評價：(請填代號　1.非常滿意　2.滿意　3.尚可　4.再改進)

　封面設計＿＿＿　版面編排＿＿＿　內容＿＿＿　文／譯筆＿＿＿　價格＿＿＿

讀完書後您覺得：

　□很有收穫　□有收穫　□收穫不多　□沒收穫

對我們的建議：＿＿＿＿＿＿＿＿＿＿＿＿＿＿＿＿＿＿＿＿＿＿＿＿

＿＿＿＿＿＿＿＿＿＿＿＿＿＿＿＿＿＿＿＿＿＿＿＿＿＿＿＿＿＿＿＿

＿＿＿＿＿＿＿＿＿＿＿＿＿＿＿＿＿＿＿＿＿＿＿＿＿＿＿＿＿＿＿＿

＿＿＿＿＿＿＿＿＿＿＿＿＿＿＿＿＿＿＿＿＿＿＿＿＿＿＿＿＿＿＿＿

11466
台北市內湖區瑞光路 76 巷 65 號 1 樓

秀威資訊科技股份有限公司　　　收

BOD 數位出版事業部

⋯⋯⋯⋯⋯⋯⋯⋯⋯⋯⋯⋯⋯⋯⋯⋯⋯⋯⋯⋯⋯⋯⋯⋯⋯⋯⋯⋯⋯⋯

（請沿線對折寄回，謝謝！）

姓　　名：＿＿＿＿＿＿＿＿＿　年齡：＿＿＿＿　性別：□女　□男

郵遞區號：□□□□□

地　　址：＿＿＿＿＿＿＿＿＿＿＿＿＿＿＿＿＿＿＿＿＿＿＿＿＿

聯絡電話：(日) ＿＿＿＿＿＿＿＿＿＿＿　(夜) ＿＿＿＿＿＿＿＿＿＿

E-mail：＿＿＿＿＿＿＿＿＿＿＿＿＿＿＿＿＿＿＿＿＿＿＿＿＿＿